妖かし斬り

四十郎化け物始末 1

風野真知雄

角川文庫 16684

目次

第一章　燃える顔

カッ、カッ、カッ……。

自分の下駄の音が、やけに大きく響いた。

周囲の家並みは、黒雲さながらに、おおいかぶさってくるようだ。

おせんは泣き出しそうに顔をゆがめ、家路をたどっていた。

ここは、日本橋通南二丁目——。

江戸でも一、二を争うにぎやかな通りである。

そんな通りでさえ、夜も四つ（十時ごろ）を過ぎようものなら、ひっそりと静まりかえる。

ときおり、どこかの番頭でも吉原《よしわら》あたりからもどってきたらしい駕籠《かご》が、えいほ、えいほと通り過ぎる。だが、その掛け声と提灯《ちょうちん》がいなくなると、さらに深い闇と沈黙があたりを包んでしまう。

まして、今宵《こよい》は新月である。

宵っ張りの家から洩《も》れるかすかな明かりが、ぽつり、ぽつりと道端に点在するが、そんな明かりが届く範囲などわずかなもの。ほうぼうの物陰には、真っ黒で、悪夢でも詰まっていそうな闇が、どっかりと座っている。

「ああん、もう、やだよぉ」

おせんは小さくつぶやいた。

二丁目でも指折りの大店《おおだな》、油問屋〈山城屋《やましろや》〉の一人娘である。〈山城屋〉はすぐそこで、ものの半町（およそ五十数メートル）ほどもない。

その半町が途方もなく遠い。

――新三郎《しんざぶろう》ったら、また、忘れて寝てしまったんだ。

すぐ近所の稲荷《いなり》社の後ろで逢引《あいびき》の約束をしていた。三日に一度はそうしている。他愛もない話をし、互いに口を吸い、ひとしきり抱きしめたり、触ったりしてから、別れる。稲荷社から家までは、木戸も番屋もないので、逢引にはつごうがいい。

新三郎は、二丁目の大通りからはちょっと入ったところの、平松町《ひらまっちょう》にある紙問屋〈松島屋《まつしまや》〉の若旦那《わかだんな》である。二人とも十六歳で、子どものうちから顔なじみだったが、恋仲になったのはついひと月ほど前だった。

むしろ、おせんのほうが誘った。友だちの中には、女から誘うなんてはしたないなどというおくれた子もいるが、おせんはそんな馬鹿な話はないと思っている。誘って、つかまえなければ、いい男はものにできない。まして、男っぷりがいい新三郎は、放っておいたらすぐにほかの娘につかまってしまう。

がっちりつかまえたとは思うが、新三郎は夜が弱くて、いったん寝つくと途中で起きられなくなる。いまもきっとそうなのだ。

——だから、あれほど風呂《ふろ》あがりに寝ないでって言ったのに。

闇と、しじまとが、おせんを何重にも取り巻いているような気がする。

あまりの怖さに叫び出したい。だが、いまは叫んでも声にならないかもしれない。

後ろから、誰かがつけてきているような気がする。

振り向きたい。

だが、振り向いたら、振り向いてはいけない。

こっちが気づかなければ、向こうだって何もしない。

江戸の町は、化け物が多い。清元《きよもと》のお師匠さんから聞いたのだが、田舎より江戸のほうが、化け物は格段に多いという。恨みを呑《の》んで死ぬ人が多いからだそうだ。

それはそうだろう。

同じ歳の友だちとの話でも、しょっちゅうお化けの話が出る。菓子屋のおさきちゃんは、家の中で子どものお化けを見たし、蒲鉾屋《かまぼこや》のおみよちゃんも、家の裏で光る狐に出遭った。さいわい、おせんは何度か金縛りにあったくらいで、お化けを直接、見たことはない。それはたまたま運がよかったからで、お化けがいるってことは間違いないのだから、この先、いつ出遭っても不思議ではない。

お化けから身を守るすべについても、いろいろ聞いている。このあたりの娘たちのあいだでは、神田明神《かんだみょうじん》のお守りを懐に入れ、成田《なりた》不動の護符の木切れを手に持っていれば、お化けが近づくのを防ぐということになっている。

神田明神のお守りは懐にある。だが、成田不動の護符の木切れは、この前、浅草《あさくさ》に行ったとき、落としてしまった。早くなんとかしなくちゃいけない。持ってないのを、お化けに知られる前に。

遠くで犬がやけに恨《うら》めしげな声で吠《ほ》えた。

「ひっ」

昼間よりやたらと大きく聞こえる。

足がすくんで、重くなっている。こんにゃくの床《ゆか》でも歩いているようだ。

ようやく表店のわきの小さな路地に入った。この先は行き止まりだが、店の裏手に入るくぐり戸がある。小僧たちしかくぐれないくらいの、小さなくぐり戸だが、裏のかんぬきを外してきている。

ここをくぐりさえすれば、とりあえず家の中である。

家の中にもお化けは出没するから、まったく安心というわけにはいかないが、それでも外の通りよりは怖さの度合いがちがう。

音を立てないよう、くぐり戸を開けて中に入り、かんぬきを閉めた。

「なんまんだぶ、なんまんだぶ」

いつの間にか、ずっと言いつづけていた。

中庭につづく細道を、忍び足で進む。

ふっふっふっ。

何かが闇の中で笑った気がした。

嘘だよね、嘘、嘘。

また、叫びたくなった。

もう、こんな思いはしたくない。あの新三郎のやつ。明日の昼に会ったら、絶対に怒鳴りつけ、ひっかいてやる。怖い思いをさせやがって。

憎しみと怒りすらこみあげてくるが、明日、逢引の約束をすれば、また夜中に抜け出してしまうかもしれない。やっぱり新三郎が大好きなのだ。

いまはできるだけ早く、寝床に飛び込んで、布団にくるまって、寝てしまいたい。

中庭に出た。

ここは真ん中に池があるので、気をつけないと嵌《は》まってしまう。

そろりそろりと足を出す。

そのとき、空の一画が、ぽっと短く光った。

何か見えた。

でも、見えたものを認めたくない。

そんなもの、見えるわけがないのだもの。

大きな人の顔。たたみ二畳分ほどもあった。

真っ赤な肌で、月のように大きな目玉。

一瞬、それが見えたようだが、でも、そんなのは気のせいに決まっていた。

おせんの部屋は、母屋ではなく、離れにある。今年の夏、逢引に出るようなこともあるだろうからと、無理を言って移してもらった。

やめておけばよかったかもしれない。

その離れの戸に手がかかったときだった。

それは離れの裏のほうから、地を這《は》うように出現し、ひょいと飛ぶように浮いて、池の上あたりで止まった。

人魂《ひとだま》だった。

赤くて、ふわふわっとして、真ん中に魂のような芯《しん》があった。

人魂は笑うように、宙で小さく震えはじめた。

「あっ、あっ、あっ」

叫んだのに、本当に声が出なかった。

腰が抜けた。

地べたにしゃがみこんだ拍子に、やっと声が出た。

「あああ」

自分があげた叫びで、恐怖は途方もなく大きな黒い玉のようなものになり、それがおせんを押しつぶした。

気を失った。

だが、そのほうがよかっただろう。なぜなら、その後に起きたもっと恐ろしい光景を、おせんは見なくてもすんだのだから……。

一

「やっぱり、やめたほうがよくはないか」

と、月村四十郎《つきむらしじゅうろう》は歩きながら、声に出して言った。

誰に言ったわけではない。自分に語りかけたのだ。

大きな声ではないが、すれ違う者はちらりと四十郎を見て、通り過ぎた。あぶないやつだとでも思ったのだろう。たしかにひとりごとを言いながら歩いているやつは気味が悪い。だが、他人からどう見えるかなんてことを、いまの四十郎に考えるゆとりはない。

「いくら、金がいいといっても、相手は化け物だぞ。いま、断れば、恥はかかずにすむぞ」

そう言って、十歩ほど行くと、

「だが、大金になるというのだからなあ」

と、情けなさそうにつぶやいた。

「そうだ、やると決心したのだ。なあに、まもなくわしだって化け物の仲間入りだ。なにも怖いことなんか、あるものか」

そう決意したとき、目的の場所に着いた。

小料理屋〈こだぬき〉の入り口の障子戸には、ちょうど目の高さに黒く煤《すす》けた破れ目が二つ、三つあり、そこから焼けた魚のいい匂いが流れてきていた。

四十郎は、首をまわすようにして汚れた縄のれんをわけると、障子戸をあけ、店の中を眺め渡した。十四、五人ほど入れるかどうかというくらいの小さな店だが、まだ明るいうちから、ほとんどいっぱいになっているのだから繁盛している。

目当ての男はいない。

「あら、からすの旦那《だんな》。いらっしゃい」

おかみが板場からこちらを見て、笑った。〈こだぬき〉とは、このおかみの顔からとった名だそうだが、その上に〈愛らしい〉とつけても、誰も文句は言わないだろう。常陸《ひたち》の出身だそうで、物事の道理が狂ってゆくような独特の訛《なま》りがある。

「井田《いだ》は、まだか」

「ぼちぼちお見えになるでしょう」

「うむ。一本、頼む。それと、やっこ」

四十郎が注文すると、わきに座っていた遊び人ふうの常連の男が、

「また、やっこかい。あいかわらずしけてるね、からすの旦那」

とひやかしてきた。

「やかましい。お前にからす呼ばわりされる覚えはないぞ」

そう言って、四十郎は入り口近くの座敷のふちに座った。

腹は減っているが、ここで腹いっぱいにするのはもったいない。銚子《ちょうし》一本にやっこ。それが自腹を切れる限界である。あとは、これから会う井田清蔵《せいぞう》が頼む酒とつまみを相伴《しょうばん》させてもらうつもりである。

障子戸の破れ目は、中の匂いが出ていくだけでなく、そこから外の風も吹き込んでくる。まもなく師走《しわす》が近い、十一月の風である。冷たさがひどく身に沁《し》みるのは、

ふところ具合が寒いからだけではない。がっくり気落ちするようなことがあったからである。

「くそっ、なんで、わしが」

酒を口に運びながら、ついひとりごちてしまう。

こうして飲む酒も、もしかしたら今宵《こよい》が最後なのかもしれない。もし、わしの人生がここで終わるとしたら、どれだけ満足できるだろうか。あるいは諦《あきら》め切れるだろうか。生まれてこの方、四十半ばのいままで、なんだかわけもわからず、ずっと目先のことだけに振り回されて生きてきた気がする。

一里先の険しい山の上には、千両箱の上に座ったやさしげな美人が待っている。それなのに、一町ごとにあらわれる飲み屋で酔っ払ううち、千両箱と美人からはどんどん遠ざかってしまう……そんな光景が頭に浮かんだ。

「とほほほ……。情けないもんだなあ」

つい愚痴が出てしまう。

銚子一本を飲み終えるころ、井田清蔵がやってきた。ここにくる前に、井田の家に行って、妻女に〈こだぬき〉で待っているとつたえてきたのである。この小料理屋は、箱崎《はこざき》の崩《くずれ》橋のすぐ近くだが、井田の家はここからほど近い小網町《こあみちょう》二丁目にある。

「よう。待たせたか」

いつものすっきりした笑顔である。

「そうでもない」

四十郎のほうは笑顔どころではない。

「どうした、なんだか冴《さ》えない顔をしてるな」

「うむ。いろいろあってな」

念流《ねんりゅう》井田道場という、江戸ではまあまあ名のとおった剣術道場がある。この道場に四十郎は子どものときからかよい、いまは師範代の一人でもある。

井田清蔵はそこのいちおう後継者ということになっている。道場主は井田鉄心《てっしん》というが、実の父親ではない。井田清蔵は婿に入ったのだ。

井田は四十郎より二年ほどあとから、入門してきた。貧乏御家人《ごけにん》の次男坊で、その頃は尾上《おのえ》清蔵といった。腕は若いときからさっぱり上達しなかったが、ただし、この男は美男だった。顔で道場主の娘をものにした、とは道場の弟子たちの評判である。もっとも、井田にいわせれば、もっといい婿の口はいくらもあったのだそうだ。

この男の調子のいい世渡りぶりを嫌う者もいるが、四十郎はむしろ逆である。悪いやつではない。人間が軽いだけで、意地悪く重いよりはましだと思っている。

井田が酒のつまみの肴《さかな》を何品か頼むのを待って、四十郎は、

「例の化け物退治をやらせてくれ」

と切り出した。

「えっ、いいのか」

井田清蔵は、武士のくせに金儲《かねもう》けに熱心な男で、どこぞの口入屋と組み、用心棒仕事の斡旋《あっせん》などをしてきた。道場には腕は立つけど、金まわりがよくないという四十郎のような者が何人も出入りしている。そういう男に用心棒の仕事を世話しては、いくらかの手間賃を抜いている。

道場主の鉄心が知ったら、激怒するだろうと思うのだが、井田はそのことについてはたいして気にもしていない。

四十郎も、たびたびこの用心棒仕事を引き受けてきた。

その用心棒仕事のなかで、妙な一連の仕事があった。それが化け物退治の仕事である。

井田清蔵が言うには、江戸の町にはじつに多くの化け物、狐狸《こり》妖怪《ようかい》のたぐいが出没するのだそうだ。たいがいは、祈禱師《きとうし》やら坊主、神主《かんぬし》などになんとかしてくれと頼むのだが、まず効果はないらしい。

化け物が出るにあたっては、間違いなくなにか、曰《いわ》く因縁《いんねん》があるのだという。だ

が、恐怖が先立って、それを調べることすらできない。化け物から依頼主の身を守り、その曰く因縁をつきとめてくれる人がいたら、用心棒仕事の十倍にもなるくらいの礼金が手に入るのだという。当人にしたら、化け物の怖さは、盗《ぬす》っ人《と》の怖さをも上回るのだ。

四十郎は、以前からその仕事をやらないかと言われていた。だが、四十郎にしたって、化け物はご免である。正直、大の苦手である。気味が悪いし、怖いのである。だから、それればかりは勘弁してくれと断ってきていた。

「なんで、気が変わったのだ」

「薬代が高くついてな」

「お静《しず》さんのか」

お静とは、四十郎の妻である。この四、五年ほど労咳《ろうがい》をわずらっていた。医者の見習いをしている息子の良太郎《りょうたろう》が、朝鮮人参《にんじん》が効くと言うので、数ヶ月前から飲ませている。これが、目の玉が飛び出すほどの値段である。

「そういうことだ」

「具合が悪いのか」

「いや、だいぶよくなっている。朝鮮人参のおかげなのだろう」

人参は焼酎《しょうちゅう》につけ、焼酎を飲みながら、少しずつ人参も食べる。四十郎も試しに一口齧《かじ》ってみたが、うまいものではなかった。

「効くのだな、やはり」

「そのようだ。それに……」

思わず口ごもる。

金銭が欲しいのは、いまに始まったことではない。化け物退治を引き受けようと思ったのには、もっと決定的な理由があった。

「どうした？」

「わしは先が短いのだそうだ」

ため息とともに言った。

「なんだ、それは」

井田が目を二、三度しばたたいた。

「易者にそう言われたのさ」

「占いかよ。お前らしくない。易者などの言うことを信じるのか」

「だが、言われてみると、そんな気がしないでもない。からすも前よりだいぶ近づいてくるようになったし」

「どれどれ」

井田は立ち上がって、障子戸の破れ目から外をのぞいた。

「おう、今日もいるなあ」

「いつもだったら、屋根のてっぺんにいるのに、今日は屋根の縁のところにいるだろう?」

「いや、てっぺんにいるぞ」

「そうか……」

四十郎は少し安心したような顔をし、

「だが、当たると評判の易者なのだ」

と首を垂れた。

二

易者にそう言われたのは、昨日のことである。

京都から来た母娘が江戸見物するのを警護するという、いっぷう変わった用心棒仕事を終え、へとへとになって帰ってきた。すると、いつも万年橋《まんねん》からちょっと離れた桜の木の下に出ている易者に、突然、声をかけられて、

「し、死相が……」

と言われたのである。

そのとき、四十郎は咄嗟《とっさ》に、

——ああ、来るべきものが来たのだ。

と思った。いつも見ていた夢が現実になったような気持ちだった。というのも、なんとなくこの十数年来、自分の運気がどんどん落ちつづけていて、このままではのっぴきならないところに行き着きそうな予感があったからである。

やや遅れて、背筋に寒気が走った。しばらく、易者の後ろを流れる小名木《おなぎ》川の川面《かわも》を眺めたあと、

「出ているのか、死相が？」

と確かめるように易者に訊《き》いた。

「言いにくいのですが」

だったら言わなきゃいいものを、易者は大きな拡大鏡を四十郎に向けて、怒ったような顔をしている。歳は四十郎よりは若そうだが、髭《ひげ》などをはやして、勿体《もったい》ぶった面つきをしている。生真面目そうに見える顔で、こういう顔は挨拶《あいさつ》でさえ説教に聞こえる。

当たると評判の易者である。人相のほか、八卦《はっけ》や風水もみると聞いたことがある。実際、台の上には筮竹《ぜいちく》や妙な円盤も並べられている。この男に観てもらうため、わざわざ日本橋のほうから娘どもが訪ねてきたりもするらしい。たまたま、いまは客

がいないが、数十人ほど並んで順番待ちをしているのも見たことがあった。

それくらい繁盛している易者だから、わざわざ自分のような浪人者を掴《つか》まえて、嘘を言ったりはしないだろう。

「そうか。まことか」

四十郎はがっかりした。

「お武家さまですから、つねづねお覚悟はできておられるでしょうが」

「ううっ」

そんなものはない。覚悟などあるわけがない。

用心棒という稼業をしているので、斬ったはったの修羅場は幾度もくぐってきたが、それでも覚悟などしたことはない。そのつど死なないように手をうってきたし、危ないときは逃げた。

覚悟がないから、易者の言葉は心の奥までまともに突き刺さった。

「そうか。死ぬのか、わしは……」

四十郎はしゃがみこみたくなるのを堪《こら》え、桜の木に寄りかかるようにした。

「まあ、死なない人間はおりませぬし」

「それはひどい気休めだな。いつ、死ぬのだ。わしは？」

「近々とだけしか言えませせぬ」

「いっそ、いっそわかれば、それまでにやりたい放題をしてしまうのだが」

そう言うと、易者は慌てて手を左右に振って、

「やりたい放題？　それはいけない。それよりは、身辺をできるだけきれいにし、もはやおなごなどに手を出したりはせず、家族を大事にして、お迎えの日を待つことですぞ」

「おなごは駄目か」

四十郎は悲しそうに訊いた。一瞬、酒と女の海に溺れて死ぬことにしようと思ったのだ。

「おなごはとくにいけませぬ」

「そうか……」

四十郎は易者に背を向けて歩き出した。

橋の途中で一度、歩みが止まった。あまりに気落ちしたため、足が動かなくなった。ため息をついて、川面を見下ろした。澱《よど》んだような流れは、三途《さんず》の川を連想させた。

上空からからすが一羽、舞い降りてきた。羽ばたきしながら、橋の欄干にとまると、四十郎を見て、あざ笑うように、

「カァ」

と一声鳴いた。

三

「ほんとにやるのか」

井田清蔵は心配そうに四十郎を見た。

「やる」

「やめたほうがよくないか」

「なぜだ」

「なぜって、相手は化け物だぞ」

「だから、もうじき、てめえが化け物になるんだから、こわがる必要もあるまいと言ってるのだ」

と四十郎は自棄《やけ》ぎみに言った。

「なんか、おかしな理屈のような気がするがな」

「なんだ、おぬし。わしに勧めていたのではないのか」

「いや、まさか引き受けるとは思ってなかった」

「わしはやると言ったらやる」

「お前は意地っぱりだからなあ」

少年時代から付き合っているから、お互いの性格はよく知っている。

「すぐにどうこうという話はあるのか」

「それはある。日本橋の大きな油問屋に人魂《ひとだま》が出るらしくてな」

「人魂か」

四十郎は、瞼《まぶた》の片方がひきつったようにひくひくするのが自分でもわかった。

「見たことがあるか、人魂は？」

と井田が訊いた。

「あるもんか、そんなもの」

人魂と出遭うくらいなら、腐ったこんにゃく玉を三つくらい食べたほうがましである。

「いままでに、七、八度、出たそうだ。娘がすっかり怯《おび》えている。坊主や神主《かんぬし》が拝んでもいっこうに退散しないどころか、一度なぞは、たたみ二畳分ほどもある大きな人魂も出たんだそうだ」

「たたみ二畳分だとぉ」

四十郎は吐き気でも我慢しているような、ひどく嫌な顔をした。たたみ二畳分もあったら、人魂というより立派な火事ではないか。わしなどより火消しを呼べと言いたい。

だが、四十郎の思いなどお構いなしに、井田清蔵は自慢げに言った。

「誰か化け物を退治してくれるような人はいないかという話が出たとき、おぬしの話をしてみた」

「わしの何の話だ？」

「いつも、からす数羽につきまとわれても平然としている男がいると」

「それがなんの関係がある？」

四十郎は怒ったように訊いた。

「からすにつきまとわれたら、霊魂に憑《つ》かれるのと同じくらい不気味だろうが、それを平然としているのは心強い。ぜひ、仕事を頼んでくれというわけだ」

「それこそ筋道のおかしな話のように思うがな」

「だが、礼金は凄《すご》いぞ」

と井田は四十郎の目を見た。

四十郎はその視線から目をそらしながら、

「いくら出すと言っているのだ？」

「とりあえず住み込んでくれるなら、月に五両。人魂を退治してもらえたらさらに五両出すと言っておる」

「うまくいけば十両か」

喉《のど》から手が出るくらい、金が欲しい。十両あれば、お静の薬代の半年分はまかなえる。ほかにも溜《た》まっている借金がある。自分が死んだあとに、借金取りに押しかけられるお静のことを考えると、かわいそうな気もする。借金だけは清算してから、あの世にいきたい。

「よし、引き受けた」

「本当か」

「まもなく、わしも人魂になる。どんな心持ちか知っておくのもいいだろうよ」

四十郎は、泣きそうな顔でそう言った。

「そうか。今日はもう遅いから、明日、引き合わせることにしよう」

「そうしてくれ。今宵《こよい》はたっぷり飲む」

女は易者から禁じられたが、酒については何も言われなかった。

「最後の酒かもしれないしな」

「そういうことを言うか」

四十郎は、好物なのにいつもは我慢している鯛《たい》の味噌《みそ》漬《づ》けを追加した。

「それにしても、化け物ってえのは、この江戸にそんなにいるものなのか」

「いるなあ。わしのところだけでも、月に一、二度はそんな話がまわってくる」

「江戸中だとたいへんな数になるな」

「だから、お前がやる気なら、金の心配だけはなくなるんじゃないかな」

「それは助かるが」

井田は早くも赤く濁ってきた目で四十郎をじっと見て、

「おい、お前の顔に死相なんて、まったく見当たらないぞ。殺しても死なない顔だとしか思えない」

「やまいで死ぬとは限らぬからな」

「それはそうだな。からすはさぞかし喜ぶだろうな」

「ああ」

と四十郎は顔をしかめ、今度は自分で立ち上がって、障子戸の破れ目から外を見た。ちゃんと向かいの屋根の上に、いつものからすが三羽並んでいた。

四

月村四十郎が、

「からす四十郎」

などと綽名《あだな》されるようになったのは、三年ほど前からである。

別段、からすに似ているからというわけではない。髪の毛こそさかやきを剃《そ》らない総髪で、ほうぼうそそけだっており、それだけはからすに似ていなくもない。だが、肌の色はどちらかといえば白いほうだし、口も尖《とが》ってなぞいない。細い目はやや目尻《めじり》が下がり、どこか剽《ひょう》げた表情である。

着物も黒はほとんど着ない。汚れが目立つからで、たいがい茶色のよれよれになった着物をきて、懐手で歩くのが癖である。

つまり、見かけから、からすを連想することはできない。

四十郎は、江戸から二十里ほどのところにある信夫《しのぶ》藩の、江戸屋敷詰めの武士だった。ずっと江戸で育ち、国許《くにもと》にはほとんど行ったことがない。それが、国許で起きた派閥争いに巻き込まれ、別にどっちに味方したわけでもないのに、とばっちりを食って、お払い箱となった。六年前のことである。

しばらくは、長屋で傘張り浪人をして暮らした。

ところが、子どもが成長してくると、とても傘張りの内職だけでは食べていけない。三年ほど、銭金のことで辛《つら》い日々がつづいた。

くさくさしているとき、上野の山で、子うさぎを殺してついばもうとしていたからすを斬った。

からすはすばしっこい鳥だから、これを斬るのはよほどの腕である。

だが、からすという生き物が恐ろしいほど賢く、執念深いとは知らなかった。

その日以来、四十郎はつねにからすにつきまとわれるようになった。

最初は一羽だった。

しばらくすると二羽が加わった。

その二羽も、はじめのうちは小さかったのだが、次第に成長し、いまや立派な大人のからすになっている。

この三羽のからすは、一羽のときもあれば、二羽のときも、三羽すべてそろって、家の屋根から見下ろしているときもある。

あるとき、ふと思い至った。もしかしたら、あのとき、斬ったからすは、子育て中であった父親のからすだったのか——と。

そう思ったら、つきまとわれるのも仕方がないような気になった。

からすたちは、四十郎を見張るだけではない。ときおり、攻撃もしてくる。油断していると、頭に飛びかかってきて、うっかりしたら目玉を突つかれかねない。

むろん、斬ろうと思えばできるが、事情を察した四十郎は、からすたちを返り討ちにする気にはなれない。適当に追い払うだけにしている。

それは、四十郎自身が、妻と子ども二人を持って、浪人する前からもずっと生活にきゅうきゅうとしてきたからである。殺したからすにすまないとも思ったし、そのうち追いかけてくるからすたちに、親近感めいた感情さえ覚えるようになった。向こうもこっちも必死で生きている……。

——諦《あきら》めるのを待つしかあるまい。

言ってみれば、達観したわけである。

銭金の苦労のほうも、井田道場の師範代になり、さらに井田の紹介で用心棒の仕事を引き受けるようになってから、多少、息がつけるようになった。

だが、どこへいくにも、いつもからすがついてまわるのだから、気がつく者も出てくる。やがて、用心棒稼業の仲間うちで、「からす四十郎」が通り名となっていた。

五

「お帰りなさいませ」

長屋の戸を開けると、向こうの次の間でお静が布団に座ったまま、頭を下げた。

手前の部屋は書物でふさがっている。

初めてこの家に来た者は、皆、書物の多さにびっくりする。手前の四畳半は天井まで書物が積み重ねられ、いまにも崩れてきそうである。これはすべて、お静の蔵書である。四十郎は本などは三年に一冊くらいしか読まない。それも絵のほうが多い本である。

お静の父は信夫藩の書物奉行をしている。娘のお静もその影響か、呆《あき》れるくらいの本好きだった。嫁入り道具で持ってきた蔵書の量を見て、四十郎はすぐにこの嫁取りを後悔した。屁理屈《へりくつ》ばかりこねまわす女かと思ったのである。だが、お静は書物は好きだが、口うるさいことはなく、むしろ口数は少ないほうだった。

お静の父はもう六十を過ぎたほどだが、いまも国許《くにもと》で書物奉行の職にある。お静のもとにもときおり本を送ってよこす。お静も欲しい本を知らせたりしているらしい。

四十郎は本なんかより、金を送ってよこすか、帰藩を働きかけてもらいたいと思うのだが、お静の父はそういうことにはまったく気が回らなかった。

「どうだ、具合は」

「はい。今日も熱はないようだったので、少し拭《ふ》き掃除などをいたしました」

「無理するな」

とは言ったが、内心、もう少し無理をしてもいいのではないかと思っている。咳労《せきろう》咳《がい》であるのは間違いないだろうが、このところだいぶよくなったのではないか。これもめったに聞かないし、顔色だって四十郎よりも血色がいいように思える。これは決して口に出しては言えないが、寝ているほうが楽なので、病気のままでいる気配がちらほらとある。

くつろごうと袴《はかま》の帯をときかけると、

「お前さま、袴はそのままで」

「なぜだ」

「ご友人の淡島《あわしま》さまのところからお使いの者が」

「使いの者？」

なぜ、自分で来なかったのだろう。

「淡島さまがお亡くなりになったとか」

「なんだと」

意外な報《しら》せに唖然《あぜん》となった。

そろそろ四十郎と同年代でも、やまいで倒れる者が出てきている。だが、淡島幸《こう》太郎《たろう》に限っては、やまいではあるまい。つい十日ほど前も酒を酌み交わしたが、あいかわらず健啖《けんたん》で酒は一人で一升近く飲んだ。

「なんてことだ。では、屋敷まで行ってくる」

ふたたび刀を差して、長屋を出た。

四十郎の長屋は、深川の海辺《うみべ》大工町《だいくちょう》にある。本当なら井田道場にも近いところにいたいが、あのあたりは家賃が高い。なにせお静の蔵書が多いせいで、一間きりの長屋というわけにはいかない。どうしても二間いる。仕方なく、大川を越えて、深川までやってきた。

淡島幸太郎の屋敷は、浜町《はまちょう》に近い。新大橋をわたり、しばらく川沿いに歩いて、浜町河岸を右に折れる。旗本屋敷が並ぶあたりの一角である。

門のところが竹林になっているのですぐにわかる。これは淡島の中国趣味から来たものだった。その竹林が冬の風にざわめいている。どことなく不吉な感じがするのは、淡島の死を聞いてしまったからだろう。

旗本といっても、淡島家はそう大身ではない。たしか百五十石ほどの知行《ちぎょう》で、勘定方に出仕していた。

通夜がおこなわれていた。線香の匂いと煙が、玄関から夜の暗闇に流れてきていた。客はそう多くない。出ていく一人とすれ違ったが、客間では親戚《しんせき》らしい年配の武士が二人、小声で話し合っているだけだった。

遺体が横たわった部屋には、息子が二人いた。二人とも立派に成長していて、上の息子は二十歳をいくつか過ぎたはずである。家督の相続に問題はないだろう。

「急のやまいですか」

と四十郎はあとから入ってきた妻女に訊《き》いた。小柄な女で、以前、会ったときよりずいぶん老け込んだように見える。

「おそらく」

「何かおかしなようすでも？」

「いえ……」

小声である。言いにくそうでもある。なにか事情があるのだ。まさか、自害したというのではあるまい。

淡島の死に顔を見た。この前、会ったときと変わらず、頬のあたりもたっぷりしている。衰弱したようすは微塵《みじん》もない。

淡島は学問所の友人だった。四十郎と同じく優秀ではなかったが、淡島は物覚えがよくないくせに、学問が嫌いではなかった。四十郎は文字を見るのも嫌で、できればすべて耳学問ですませたかった。

一度、音信不通になった時期があるが、とある飲み屋で偶然、再会してから、ときおりいっしょに飲むようになっていた。四十郎が浪人しているのがわかって、宮仕えの苦労など何を話しても差し障りがないと思っていたようだった。

「では、これで」

長居はせず、いとまを請うことにした。

妻女が玄関口まで送ってきたが、そのとき玄関のわきの小部屋から男が二人、あらわれた。さっきは見かけなかったが、四十郎が帰ろうとするところを見計らっていたようである。

一人は四十郎と同じ歳くらいか。猪首《いくび》で、あばた面である。ひきがえるに似ている。その後ろにいるのは、まだ三十歳ほどの、恐ろしいくらいの美男子である。井田清蔵は自他ともに認めるいい男だが、こちらは格が違う。すべてが整って、絵とか人形でも見るような感じがする。その分、人間らしさが感じられない。

二人とも見知らぬ男だった。

「この御仁《ごじん》か、淡島どのが十日前に会ったというのは」

とひきがえるに似た片割れが訊くと、妻女がおびえたようにうなずき、

「お会いしましたよね」

と泣きそうな声で訊いた。

「会いましたが」

四十郎はうなずいた。

「そのとき、淡島どのから預かったものがあるだろう」

と、ひきがえるが訊いた。偉そうな問いかけである。

「いや、知らんな」

と四十郎はそっぽを向いた。

「嘘を言うなよ」

「どうして嘘などつくのだ」

四十郎は睨《にら》み返した。

「そうですか。てっきり月村さまに預けられたのかと」

妻女は脅されでもしたのだろう。怯《おび》えたような顔をしている。

「では、月村さまでなかったら、先ほどの竹田《たけだ》さまか、横井《よこい》さま」と妻女が男たちに言った。「主人はあまり友だち付き合いは多くありませんでしたので」

「そのほう、本当に知らぬか」

後ろにいた美男子が訊いた。

「しつこいなあ。知らぬと言っておるだろうが」

と強弁したが、じつはある。「中身は見ないほうがいい」と言われて預かったものだ。こういう事態を恐れて、四十郎に預けたのだろう。とすると、やはり淡島は斬られたのだろうか。渡すつもりはまるで消えた。

「では、失敬」

男二人の横をすり抜けて、四十郎は外に出た。

無礼な連中である。何者なのか。ひどく不愉快なやりとりだった。通夜でなかったら、喧嘩沙汰《けんかざた》になっていたかもしれない。

一町ほど歩いて、そっと振り向いた。

淡島の家の門前で、さっきの男二人が、まだこちらを見ていた。

六

お化けが出るという油問屋〈山城屋〉にやってきたのは、淡島の弔問に行った翌日の夕方だった。日本橋通《とおり》二丁目にある大店《おおだな》で、魚油などではない上等な油の香りが店の外まで漂っていた。

井田は昨日はいっしょに行くと言っていたくせに、家の雑用をさせている仁平《にへい》という老人に紹介状をもたせて寄越しただけである。急用ができたというが、間違いなく臆病風《おくびょうかぜ》に吹かれたのだ。

井田の書状を読み終えた〈山城屋〉のあるじは、

「井田さまがここまでお褒めになるのですから、なんとも心強い」

と言った。なんと書いたのかはわからないが、どうせ適当な世辞を並べ立てただけにちがいない。

「人魂《ひとだま》が出るというのは」

と四十郎は訊いた。

「中庭でございます」

「下見をさせてもらおうか」

「はい、こちらへ」

奥にどんどん入っていく。

表の間口も広いが、奥行きもかなりある。途中から、外に面した廊下を進み、土蔵が四棟ほど並んだあたりを過ぎると、かなりの広さの中庭に出た。

大きく育った椿と松の木が中央にあり、小さな池のまわりには、苔《こけ》を生やした巨石がかたちよく並べられている。深山幽谷といった趣である。池には数匹の錦鯉《にしきごい》も泳いでいる。手のかかった立派な庭である。

「ここらは、わたしども家族の住まいなのですが」

あるじが言うには、いちばん奥があるじ夫婦の部屋で、中庭を囲むように二階建ての離れがあり、そこは一階が娘で、二階があるじの母親の部屋になっているという。

「いつもその池の上あたりに出ます」

あるじが指さしたあたりは、人の背丈よりもずっと上のほうだった。

「ずいぶん高いところに出るのだな」

人魂というのは、なんとなく地面のすぐ上あたりをふわふわと漂うものだと思っていた。

「見たのは娘御だけかな」

と四十郎は訊いた。

「いいえ。そちらに厠《かわや》があるので、夜中には誰かが厠に立ちます。冬は廊下の板戸を閉めてますが、厠のわきの小窓が開いてますので、そこから中庭がのぞめるのです。小僧がそこで、人魂を見つけて、大騒ぎになったこともあります」

「なるほど」

「それに、あちらの土蔵には油の樽《たる》がたくさん入ってますから、火でも入ろうものなら大変なことになります。そのため、あの廊下の向こうには寝ずの番を置くようにしたのですが、その者たちも見ています」

「皆、人魂だと言うのですな？」

「それはもちろん」

「誰か水をかけてみたりは？」

「滅相もない」

なにかの怨霊《おんりょう》かもしれないが、悪戯《いたずら》ということだってあるだろう。

四十郎は、中庭一帯をくわしく見てまわった。

身なりをかまわない風采《ふうさい》や、ざっくばらんな言動から、つねづね大雑把な人間に思われがちだが、意外に慎重な性格なのである。それでなければ、危険がともなう用心棒稼業などもつとまりはしなかった。

中庭の北側は、高さ一間以上ある板塀で仕切られている。乗り越えるのには手間がかかるだろう。塀の向こうは、茶の問屋と海産物問屋の蔵や裏庭に当たるそうだ。このあたりは昔からの老舗《しにせ》が多く、隣近所同士もとくに喧嘩沙汰は起きていないという。

「まずは、その人魂を見てからだな」

四十郎はそう言ったが、内心では見たからといって、どうにもならないような気がしている。

とりあえず人魂に斬りつけたりしてみせればいちおう恰好《かっこう》がつき、五両はともかくも一両ほどはいただけるだろう。それで、つごう六両にはなる。

人魂にはあの世に行ってから謝ればいいことである。

四十郎とあるじが話していると、いつの間にか遠巻きに女たちが三人立っていた。

「あ、月村さま。手前の家内と一人娘のおせん、それにわたしの母でございます」

あるじの母は小柄だが、姿勢のいい老婆で、孫娘と顔がよく似ていた。目がくりっとした愛らしい顔立ちである。歳は五十以上違うのだろうが、誰が見ても血のつながりがわかる祖母と孫娘である。

母親のほうは顔は似ていないが、娘との仲はいいらしく、手を握り合っていた。

四十郎は女たちに軽く頭を下げ、

「おなご衆はさぞかし恐ろしい思いをされたでしょう。だが、わしが来たからにはもう大丈夫ですぞ」

と笑顔で豪語した。大金をもらうのだから、これくらいは言ってあげるべきだろう。たいして大丈夫でもないのだが。

すると、あるじの母親がひょいと廊下を降りて、四十郎の近くまで来ると、皮肉っぽい薄笑いをしながらこう言った。

「前に来た修験者《しゅげんじゃ》も、そんなことを言っておりましたが、人魂を見たとたん、逃げ帰りましたよ」

七

さっそく一晩、泊まってみることにした。中庭に面し、あるじ夫婦の部屋とは一間置いた並びである。冷えるが板戸の隙間を少しだけ開けておいた。これで障子戸を開ければ、布団の中からでも、中庭のようすがわかる。

晩飯を出してくれた。いわしの煮付けに味噌汁《みそしる》と飯だけの簡単なものだが、酒が一本ついているのがなにより嬉《うれ》しい。

やがて、夜になった。昼はいい天気だったが、月のあるあたりに雲がかかっているのか、真っ暗である。冷え込みも厳しくなっている。

廊下の遠くに小さな行灯《あんどん》がひとつ置いてある。それでも、四十郎のいるあたりには明かりは届かない。慌てて動くと、足をぶつけたり、転んだりしそうで、気をつけなければならない。

店中の者が恐怖に震えあがっているのだろう。

やたらと静かな夜である。

長屋の夜はどこかでいつも音がしている。昼間はこのあたりのほうがずっと賑《にぎ》やかなのに、夜中はこんなに静まりかえるらしい。

うとうとしてきた。

四つ時分（夜十時ごろ）になっていただろう。ふと、目を開けて、障子戸を開けると、中庭の上のあたりで人魂《ひとだま》がふわふわと漂っていた。人魂は白っぽいと聞いたことがあったが、これは普通の赤い火である。

——ほんとに出やがったよ。

泣きたくなった。このまま家に帰りたい。

足ががくがくしはじめた。小便をすこしちびった。

四十郎には、経験で学んだ恐怖を克服するコツがある。まず、大声を上げること。それからとにかく動くこと。

黙ってじっとしていると、恐怖は背中から腰にかけて水中の藻のようにからみついてくる。

「出た。出たぞ」

四十郎が大声でわめきながら刀をつかみ、板戸を大きく開いた。人魂のおかげで庭はかなり明るくなっている。

わきで「ひえっ」と悲鳴が聞こえた。あるじと妻女が部屋から這《は》い出してきていた。あるじは逃げ腰で、数珠《じゅず》をかしゃかしゃ鳴らしている。妻女はそのあるじの尻《しり》にしがみついて、

「お武家さま。早くなんとかしてくださいな」

とわめいた。

番をしていた手代も這うように寄ってきたが、四十郎の腰にすがりつくようにしている。

急に家全体が騒がしくなった。

あちこちでがたがたと物音がしだし、念仏を唱える声も聞こえた。

「母ちゃん、怖いよお」

と子どもの声もした。子どもは娘一人だけだというから、見習いの小僧でも目をさましたのだろう。

「ええいっ、邪魔くせえ」

誰かしがみついてきた者を振り切って、下駄をつっかけ、庭に降りた。刀に手をかけたまま、人魂に近づいた。

目をそむけたいが、

「大丈夫。お前には刀があるぞ」

と自分に言い聞かせ、じいっと人魂を見つめた。

燃えている。げんこつ大の芯《しん》があるように見える。

少し匂いがした。うまそうな匂いに思えた。

四十郎が近づくと、どうにか肝がある手代が二人、四十郎のそばに来た。

「おい、水をかけてみろ」

その手代たちに命じたが、

「と、とんでもないっ。人魂に水をかけたらバチが当たります」

と二人とも動こうとしない。

「馬鹿野郎。バチなんか恐くてあの世に行けるかってえの！」

四十郎はわめきながら池に手を突っ込み、水を掌《てのひら》ですくい取ってかけた。

ジューッ。

と音がして、あっけなく消えた。

それっきりである。

ふたたび真っ暗になった。その暗闇が怖いらしく、またひとしきりあちらこちらで悲鳴や念仏があがった。

「誰か明かりを持て」

四十郎がわめくと、廊下のところに行灯を持ってきた。もう一度、中庭が明るくなった。だが、人魂の明かりより、行灯のほうが暗い。

人魂が出たあたりを中心に、家の者が勢ぞろいしていた。

「なんで、出るの。どうして人魂なんか出るわけ」

離れの一階で、怒り散らす声がした。一人娘のおせんの声であった。

八

翌朝、へとへとに疲れて、家に帰った。結局、朝まで眠れなかったので、夕方までぐっすり眠り、ふたたび〈山城屋〉にもどることにした。

家事以外はほとんど横になっているお静のわきに、煎餅《せんべい》布団を敷き、袴《はかま》も脱がずに布団をかぶった。ところが、眠りについてほどなく、お静が四十郎を揺り動かした。

「なんだよ……寝かせてくれよ」

「ですが、お客さまが」

お静の声に嫌な気配があるので、しぶしぶ身を起こした。

入り口に男が一人、立っていた。

「そなたは、たしか……」

淡島の通夜で会ったひきがえるに似た男がいた。

「悪いが、あのあと、つけさせてもらった」

「なんと……」

まさかそこまでするとは思わなかった。

「相棒は別の者が怪しいと見たが、わしはそなたが預かったと見た」

顔は悪いが、勘はいいらしい。

「なんのことだ」

四十郎はとぼける。

「凄《すご》い本だな」

ひきがえるは、猪首《いくび》を戸の中に入れ、ぐるりと頭をまわした。どうやら、家捜しまでしそうなようすである。

「ふざけた真似をするなよ」

「隠しだてするからだ」

「言いがかりだ」

「腕ずくでも捜させてもらうぞ」

お静が悲鳴をあげかけ、口を押さえた。

「待て。病人がおる。外で話そう」

そう言って、四十郎は外へ出た。

海辺大工町は人通りが多いが、南のほうに歩くと大きな寺がある。たいがい裏口があり、ここから直接、墓場に入ることができる。顕勝寺《けんしょうじ》という大きな寺の墓地である裏口に足を踏み入れた。高い生垣のあいだを抜けると、ここらは古い墓ばかりが並ぶ一画で、人けは急になくなる。手入れも行き届いておらず、雑草がやたらと茂っている。

「ここで話をつけるか」

顔をつき合わせ、四十郎は小声で訊《き》いた。

「よかろう」

「ところで、おぬし、何者なのだ」

淡島がこんな無礼なやつと付き合っていたなどとは信じられない。

「誰でもよい。だが、おとなしく言うことを聞け。そのほうごときが、どう逆らっても無駄なお人がかかわっていることだ」

「ほう」

「斬り捨てたって、どうにでも始末がつく」

「淡島もそうしたのだな」

「わかったなら、おとなしく預かったものを出すことだ」

「嫌だな。そうと知ったら、淡島のためにも出すわけにはいかんな」

「やっぱり、そのほうだったか」

ひきがえるは笑い、一歩、後ろに下がった。

やるつもりだ。四十郎を斬ったあとは、長屋にもどって家捜しをするだろう。その前にお静も始末される。

ひきがえるの腰が据わった。居合いを得意とする気配である。

四十郎はすばやく、一歩どころか三歩、四歩と後退した。

「逃げるか」

「馬鹿。誰が逃げるか」

と言いながら、かたわらの墓石の陰にまわりこんだ。居合いの一刀目はこれで防げる。四十郎は先に刀を抜いた。

「ほら、かかってこい」

「おのれ」

墓石をまわりこもうとするが、四十郎も逃げるようにまわる。

ひきがえるは、居合いが使いにくいと悟ったらしく、刀を抜き放ち、正眼に構えた。おそらく突いてくるつもりだろう。

「早くしろ。向こうにいる墓参りの連中が気づくぞ」

少し離れたあたりで、七、八人ほどが新しい墓にお参りにやってきている。気がつけば、和尚《おしょう》に報《しら》せに行ったりして、騒ぎは大きくなるだろう。

「ほら、ほら」

四十郎はふざけたようなしぐさで刀を突き出して、相手を誘った。

「ほら、ほら、ほら、ほら」

しぐさはふざけているが、顔は必死の形相である。それはそうで、真剣で戦っているときふざけているやつはいない。必死でふざけたふりをしているのだ。相手を困惑させるため、あるいは激怒させるため。すこしでも戦いを有利に導くための、これは四十郎独特の戦略なのである。

昔から四十郎の相手をしてきた道場の仲間たちは、「月村は、強いことはたしかに強いのだが、いじましいくらいの必死の動きをする」と、その剣さばきを評してきた。四十郎もそれは自覚している。

必死の剣、必死の毎日。

おやじは必死で生きている。

惜しむらくは見通しが甘い。

「ほちょ、ほちょ、ほちょ、ほちょ」

掛け声もだんだんおかしなものになってきた。これもわざとである。四十郎に言わせれば、掛け声だって大事な武器の一つなのだ。相手を怒らせ、平静さを失わせる。

「何だ、それは？」

ひきがえるがうんざりした顔で訊いた。

「何が、何だ。へけ、へけ、へけ、へけ」

「くそっ。なめやがって」

ひきがえるは突かずに、四十郎の剣を上から叩《たた》いてきた。が、それをかわし、叩かせない。何度となくそのやりとりを繰り返す。かなりじれったい思いをしているはずだった。

四十郎は剣を左手に持ち替えた。それから身体を胸ほどの高さの墓石に寄せた。

「荒木《あらき》家代々の墓」と彫ってあるのが見えた。ひきがえるは、大きく横に踏み込みながら、突き出そうとした四十郎の剣を叩いた。カキンと音がして、四十郎の手から刀が落ちた。

「しまった！」

四十郎は叫んだ。

ひきがえるの顔に、田んぼのあぜ道のような意外に素朴な笑顔が走るのが見えた。そのとき、四十郎はすでに小太刀を抜いていて、まわりこむようにひきがえるの胴を薙《な》いだ。

どどっと血が飛び出した。

「きさま……」

信じられないといった顔で呻《うめ》いた。

「あの、書付は何なのだ」

と四十郎は訊いた。だが、ひきがえるは四十郎の問いには答えず、

「嫌な剣だな」

と言った。

「それはよく言われる」

「ああ、下郎の剣だ」

そう言うと、ひきがえるはいかにも悔しげに目を剝《む》き、仰向けに倒れた。

四十郎はすばやく片手で拝み、南無阿弥陀仏《なむあみだぶつ》を唱えた。

四十郎は、見かけに似合わず小太刀を得意にしている。しかも、大刀のほうを見せかけ専門にして、この大刀を落として敵が油断したところを小太刀で斬るのは、得意の戦法でもある。

だが、戦った相手からは一様に、「嫌な剣」「卑怯《ひきょう》な剣」「子ねずみのような剣」「恥知らずの剣」「畜生の尻尾《しっぽ》のような剣」「汚物のような剣」などと非難される。ひきがえるが言った「下郎の剣」などはまだましなほうである。

自分でも恥ずかしい気持ちがこみあげてきた。

「よい。勝てば官軍だ」

そう言い聞かせるしかない。

九

次の夜は、空も晴れ渡り、しかも満月だった。人魂《ひとだま》の細かいところがよく見えるだろうと、なかば期待し、なかばうんざりしながら、〈山城屋〉の一室で床に入った。

だが、人魂は出なかった。途中、何度か寝入ってしまったが、誰も騒ぐ者はなかった。

次の日も出ない。その翌日も。

朝方、家にもどって眠り、昼過ぎに起きる。井田道場で一汗かいてから、〈山城屋〉に入るという日が三日つづいた。

人魂に水をかけたことで、店の者たちはすっかり四十郎を頼りにしたようだった。

「なあに、今度出たら、小便でもかけてやるぞ」

と調子に乗ったら、

「バチが当たるからそればかりは」

とあるじに止められた。

五日目の朝、長屋に帰る前に、前金として三両をもらった。

そのうちの二両は暮らしのため、お静に渡しておかなければならない。

残りの一両は〈こだぬき〉の払いにまわすつもりだった。

いったん寝て起きたあと、お静に金を渡すとき、ふと思いついて訊いた。

「人魂というのは、水をかければ消えるか？」

「人魂ですか。どうして、また」

四十郎は、用心棒稼業の変わり種ということで、依頼の中身を語った。ただ、これから化け物退治をもっぱら引き受けることにするとは言いにくかった。

お静は膨大な書物を読んできただけあって、物知りである。だが、さすがに人魂なんてもののことは知らないだろうと、期待もせずにいちおう訊いたのである。

「少々、お待ちを」

「おい、知ってるのか」

「たしか、何冊かそうした本も」

お静はそう言って、積み上げた書物の中から数冊を引っ張り出した。

いつもこうである。何か訊《たず》ねるたび、癖のように書物をめくるが、ただお静が凄《すご》いのは、書物で調べるというより、頭の中の知識が正しかったかどうかを確認しているだけらしいのだ。つまり、壁を何重にも埋めつくした書物の中身が、ほとんど頭に入っていることになる。

「どうだ、何かあったか」

「ええ、たしかこの本に人魂は熱くないと書いてあったと……」

お静がめくっている本には、『本邦人魂気質《かたぎ》』という題が書かれてある。人魂に気質があるのかと、四十郎は内心、驚いた。

「あ、ありました。そうですね、やはり本物なら、火ではございませんから消えないと思われます。水で消えたのでしたら、人魂ではなかったということに」

「だが、火がふわふわと宙を飛ぶなどということはありえないぞ」

「どうでしょう」

「なにがだ」

「釣り糸のようなものでぶらさげたりすれば」

「馬鹿だな。火だぞ。糸が焼けるだろうよ」

と四十郎は苦笑した。

「先から一尺ほど、細い金棒でもつければ、燃えませんよ」

「あっ」

たしかにそうである。できないことではない。

——とすると、人のしわざなのか。

では、誰が何のために……。化け物のしわざであるほうが、まだ面倒がないような気がする。

考えながら、出掛ける準備をととのえた。

「では、行ってくる」

早く片をつけたいものだという思いで長屋を出ようとしたところで、

「あら、月村さま」

清元《きよもと》の師匠の桃千代《ももちよ》とぶつかりそうになった。

長屋のいちばん奥の住人だが、目を合わせるのが恥ずかしいくらいの美人である。細面で、切れ長の目に強い光がある。鼻筋は細く、口はやや大きいが、すっと引き締めると、決然とした生き方のような気配がにじみ出る。無理して欠点をあげるとすると、背が高すぎることくらいか。四十郎よりほんの一寸ほど低いくらいだろう。

半年ほど前まで、ときおり大店《おおだな》の旦那《だんな》のような男が通っていたが、最近は見かけない。ちょうど旦那が来なくなったころに、「長唄・清元指南」の看板が出された。

この指南のほうが繁盛しているらしい。お静の話によると、昼前から夕方にかけてほぼ毎日、一日に十人は教えているとのことである。

四十郎は一度、桃千代を助けたことがある。いや、助けたというほどのことでもない。通りで妙な男が桃千代に犬をけしかけてからかっていたのだ。この男を怒鳴りつけ、犬を蹴《け》散《ち》らした。ただ、この犬は性質《たち》のよくない犬で、四十郎のすねに食いついてきたものだ。

そんなことで、会えば挨拶《あいさつ》程度の口はきくようになっている。

だが、このところの気分では愛想を言う気にもなれない。それに易者からも女はいけないと釘《くぎ》をさされている。

「ああ、これはどうも」

無愛想に会釈をひとつしただけで、すれ違った。

十

〈山城屋〉で飯をいただいたあと、控えの間でうとうとしながら横になっていると、五つ（夜八時）ごろだろうか。中庭のあたりで騒いでいる声が聞こえていた。人魂が出たときのような騒ぎではないが、あるじの困ったような声もしている。

「行くといったら行くぅ」

娘の大きな声がして、言い争いはやんだ。

静かになったところで、四十郎は中庭に出た。

「どうされた」

「娘のおせんが出かけると申しまして」

「どこへ」

「近所の稲荷《いなり》でちょっとした夜祭りがありまして」

いったん離れに入ったらしく、娘の姿はない。あるじと妻、それに歳のいった手代が一人いるだけである。

「お化けが出るぞと言えばよい」

「もう怖くないそうです」

まもなく娘のおせんが離れから出てきた。めかしこんでいる。どれだけ大きな匂い袋を入れているのか、四十郎のいるところまで香の匂いがくらくらするくらいに漂ってくる。

「あんな人魂なんて、なにが怖いもんか」

「馬鹿なことを言うんじゃない。前には巨《おお》きな顔のお化けも出たじゃないか」

「それは気のせいかもしれないのさ。祖母《ばあ》ちゃんも見たと言ってたけど、きっと夢でも見たんじゃないの」

「お前なあ……」

あるじが娘に言いこめられている。

「それに、人魂《ひとだま》だってそこのお侍さんが水をかけたら消えたじゃないか。また、かけりゃいいのさ」

大店の娘らしくない伝法《でんぽう》な口の利き方である。

「お前、そうまでして出ていきたいなんて、まさか男でもできたんじゃないだろうね」

「そんなことまでおとっつぁんに言われたくないわ」

出かけたい一心なのだろうが、あまりに生意気な態度に、温厚なあるじの顔に怒りがあらわれた。

「それが親に対する言葉か」

あるじが手を振り上げると、母親が娘をかばうように前に飛び出す。

「あなた、やめて」

「やってみれば」

そんな騒ぎの最中だった。

それは突然、あらわれたのである。

「なんだ、こりゃあ」

と手代が叫んだ。

上を仰いだ。

あまりにも巨大な顔がそこにあった。たしかにたたみ二畳分はくだらない。巨大な顔だけが、首も手もなく、黒い宙に浮かんでいた。

見開かれた目が下を睨《にら》んでいる。

「うぇーっ」

四十郎は吐き気がした。

おそらくその存在に気づいたときはもう、顔が燃えていたのだ。あごのあたりが燃えていると思ったら、たちまちめらめらと燃え広がり、巨大な顔全体が炎になった。空全体をおおいつくすくらい、大きく勢いのある炎だった。

「あわわわ」

あるじは逃げようとしたが、つまずいて池にはまった。娘と母親は何か喚《わめ》きながら、泣きじゃくっている。手代は喚くひまもなく、気を失った。

四十郎だけが、気丈に目を凝らしていた。

赤い肌である。燃えているからではなく、赤い顔をしていたのだ。目は大きく、目玉が塗りつぶされたようなべったりした黒目で、白目のところは真っ白だった。その黒目が下を向いていて、ちょうど四十郎の目と視線が合っているのが、どうにも気色悪かった。

いつの間にか四十郎は座りこんでいた。立とうとするが、なかなか立てない。どうやら腰を抜かしたらしかった。

だが、顔が燃えていたのは、ほんのわずかな時間だった。

すぐに顔は消えた。

もはや、闇にあるのは、炎の残像だけである。

四十郎は目をこすり、つぶやいた。

「なんだったんだ、いまのは」

十一

眠れないまま朝になるのを待って、長屋にもどることにした。

あるじの母が昨日騒ぎのあった中庭の掃除をしていた。もう七十は過ぎていようが、軽い身のこなしである。中庭の隅にはお稲荷さんも置かれており、今日あたりはさぞかし大量のあぶらげが供えられるのだろう。

家にもどって、お静に昨夜の燃えた顔のことを話した。すると、すぐに、

「あら、宗源火《そうげんか》みたいですね」

と嬉《うれ》しそうに言った。

「なんだ、それは」

お静はまたしても書物を引っ張り出してきた。それには『京都妖怪《ようかい》百珍』とあった。『豆腐百珍』という本があるとは聞いたことがあるが、妖怪にも百珍があるとは知らなかった。

「京都の町に古くからいるお化けで、大きな顔をしているのです。『平家物語』で、清盛《きよもり》入道が見たお化けも、宗源火だったのかしら」

「ふむ」

こんなときに『平家物語』など持ち出されると、調子がくるう。だが、京都のお化けというのが気になった。

あの油問屋で、京都なまりの言葉を聴いたような気がするのだ。

——誰だったかな。

それにしても、なにか腑《ふ》に落ちない。

——あのとき、かすかな音がしなかったか。

そうだ。ヒュンという音とともに、視界の隅を小さな火が走った。

すると、突然、あの大きな顔が炎とともにあらわれたのだ。顔はその前から宙にあり、暗くて気がつかなかっただけではないのか。

あの音は弓矢の音だったような気がする。あれは小さな火矢のようなものではなかったか。それが燃えやすい紙——たとえば油を塗った紙でつくられた顔に当たって、燃え上がった……。

——だとしたら、やはり人の悪戯《いたずら》だ。

四十郎は立ち上がった。

「寝るのはやめた」

「まあ」

「出かけてくる」

「どちらに」

「なあに、化け物の正体をあばくのさ」

飛び込むように〈山城屋〉に入ると、四十郎は中庭に直行した。

目を皿のようにして、宗源火が出たあたりの地面を眺めた。

竹ひごを見つけた。また、紙の燃えかすもあった。まるで、提灯《ちょうちん》が焼けたようでもある。

「提灯のようなものだな」

やはりそうだ。あの顔は大きな提灯のようなものに油紙を貼り付けたのだ。それがどうやって宙にあらわれたのか。おそらく人魂といっしょで、釣り糸の要領でぶらさげたのだろう。

四十郎は上を仰いだ。中庭の周囲は平屋建てだが、一ヶ所だけ離れが二階建てになっている。その二階に住むのは、あるじの老いた母親だった。

四十郎はあるじを呼び出した。

「ちと、お訊《たず》ねしたい」

「なにか」

「もしも、今日、例の化け物のことを始末すると、こちらに来て六日で解決してしまうことになる。それでもひと月分の手当てはいただけるのかな」

「それはもちろんでございますとも。まさか……」

「すべてわかりました」

いっしょに付いてきた番頭や手代たちにはさがってもらった。

「これは悪戯ですな」

「なんですって。誰がいったい」

「あそこにおられる」

と四十郎は二階を指差した。

「まさか……」

あるじが口をあんぐり開けた。

「お訊ねするが、ご母堂は弓などをひいたことは？　なに、そんなたいそうな弓でなくても、奥山あたりで射的につかっている楊弓《ようきゅう》で充分なのですが」

「母は武家の出ですから、それは弓くらいはひいたことも」

「それと、もしかしてご母堂は京都のご出身では？」

「ええ。代々、京都所司代《しょしだい》につとめる家の娘でした」

「やはり、そうでしたか」

京都に出没すると伝えられるお化けの宗源火から着想を得たのだろう。

人魂も、二階から釣り竿か何かで吊したのだろう。

あるじは、母を呼び、四十郎の推測したことを遠慮がちにつたえた。

「おや、まあ、よくわかりましたこと」

隠居は悪びれない。かすかに笑みさえ浮かべている。

「でも、すべてわたしがやったわけではありませんよ。何度かは本物も混じっていたかもしれません」

「本物がね……」

四十郎は苦笑した。ぜんぶ自分のしわざとは認めたくないのだろう。ささやかな抵抗くらいは許してあげるべきである。

「なんで、あんなことを」

と、あるじがなじった。

「そりゃあ、あなた、おせんの夜遊びをやめさせるためですよ」

「ううっ」

「知っていたでしょうに」

「それは薄々は」

「あなたが商いなどやるから、あんなふしだらな娘ができるのですよ」

「それとは関係が……」

「大ありです。武士でいればよかったのです。金儲《かねもう》けなどに執心したら、人の心を失うでしょう」

どうもこの家のあるじは、事情があって武士をやめ、商いを始めたらしい。四十郎のように一度、浪人して、それから商人になったのか、そのあたりはわからない。だが、これほどの身代にしたのだから、失敗だったとは言えないだろうが、母親にすれば思いは別だったようだ。

そこへ、

「やっぱりね」

と声がかかった。娘のおせんと母親がいた。母親も強い目で義母を見ている。娘と母はいちおう結託しているらしい。

「ふしだらな娘だなんて」

「そうでしょう。さかりのついたメス猫みたいに、男遊びにうつつをぬかして」

「うるさいよ。あんたにそんなこと言われる筋合いがあるもんか」

「その口の利き方。下衆《げす》な町人そのものではないですか」

「いつまでも武家の女づらして威張ったって仕方ないもん」

「おだまり、おだまり、おだまり」

「何度も言わなくてもわかるよ」

よく似た面立ちの祖母と孫娘が凄《すご》い形相で睨《にら》み合った。

祖母は思い切り顔をゆがませ、この家のすべてが醜く、汚らしいものであるように、周囲を眺めまわした。

「下衆、下衆、下衆。だから、町人はいやなのじゃ。わたしは貧しくても、誇りのある武士の家にいたかったのに。なにが日本橋の大店《おおだな》ですか。虚像です、こんなものは」

「だったら一人で京都に行けば」

「なんだと、この馬鹿娘が」

先に祖母がつかみかかった。おせんも負けじと、祖母の白髪頭をわしづかみにする。

ひどい喧嘩《けんか》が始まっていた。

数日後、四十郎は礼金をもらった。残り七両。当初の約束どおり、しめて十両である。思わず口許《くちもと》がほころんでしまった。

「お恥ずかしいところをお目にかけました」

「いや、どこにもある話ですよ」

そう言うと、〈山城屋〉のあるじはほっとした顔になった。

「そうでしょうか。孫をおどかす祖母がほかにもおりますか」

「いますとも」

長屋などはのべつまくなしほうぼうで怒鳴り声がしている。体裁を保とうとするほど、やることが陰《いん》にこもってしまったのではないか。

「母はわたしが商人になることになったとき、何も文句は言いませんでした。文句を言いはじめたのは、この店が完全に軌道に乗り、他人《ひと》さまからも押しも押されもせぬ大店と言われるようになってからです」

「それまでは」

「ええ。店の仕事も手伝ってくれましたし、帳簿のつけ方まで覚えてくれました。ところが、楽をしてもらおうと、隠居家をそこにつくり、店の仕事からも手を引いたあたりからです。わたしは、本当はこんな商いなどしたくなかった。ずっと耐えつづけてきた。贅沢《ぜいたく》などできなくても、武士の妻として、母として凛《りん》とした生き方をしていたかったなどと言い出したのです。ちょうどそのころから、可愛がっていた孫娘の言動に、はすっぱな調子が目立つようになってきまして……」

武士の妻や母がそれほどいいものなのか、お静にでも訊《き》かなければ、そんな気持ちはわからない。もっとも浪人してしまったいまでは、お静にも訊きにくい。

「難しいものです。何が成功で、何が失敗か、わからなくなってきます」

と、あるじはため息をついた。

——心に闇、人が化け物。

ふと、胸のうちにそんな言葉が浮かんだ。人というものの厄介さが、四十を過ぎたころから身に沁《し》みてきた気がする。もちろん、自分だって、その厄介さから逃れることはできない。

「いま、なにか、おっしゃいましたか」

「いや、なんでもござらぬ。して、ご母堂はいま、どうしておられる？」

「二階に閉じこもっております。娘が詫《わ》びたりしていますが、返事もしません。このまま惚《ぼ》けていくのでしょうか」

「そうですか」

だが、娘が詫びているだけでもましというものだろう。それ以上は、四十郎には踏み込めないところである。

「では、ありがたくいただいてまいる」

四十郎は小判の包みを懐に入れると、木枯らしが吹く通りへと足を踏み出す。

反対側の紙問屋の屋根の上に、いつものからすが三羽そろって四十郎を見下ろしていた。

同じころ――。

四十郎の妻のお静は、書棚の奥のほうから引っ張り出した古ぼけた書物『化け物退治大全』の「そ」の項目を開いていた。

そこには、「宗源火」についての記述があった。

宗源火というのは、かつては京都の壬生寺《みぶでら》界隈にだけあらわれる化け物だったが、近年になってなぜか、東海道を東上するように、各地に姿を見せるようになったという。

――東海道を旅する人が増えたからかしら。

と、お静は思った。

この異変についても、書物は解釈をほどこしていた。

「それは、おそらくこの宗源火を仕掛けによって偽装し、祭りの山車やお化け屋敷などに利用する者が出てきたこととも関わりがあるだろう。すなわち、本物の宗源火が怒って姿をあらわしていることも考えられる」と。

これを読み、お静は、

「まあ」

と、目を瞠った。

すると、夫の四十郎が贋物と確信して斬りつけた宗源火が、じつは本物であったということもありうるのだ。

「宗源火はいかにも古い都の化け物らしく執念深い性質を持っている……」

と、書物は記していた。

「これに、斬りつけたり水をかけたりした者は、一生、妖《あや》かしとは縁が切れない。次から次に憑りつかれる羽目になりがちである」

「……」

お静は、どうしようと思った。

夫にこのことを告げ、注意するよう言ってあげるべきだろうか。

「でもねえ……」

と、お静は考え直した。

しょせん人生などというのは、次から次に難問やら危難やらが押し寄せてくるのである。それらとひとつずつ戦いつづけていくのが男の人生というものだろう。

しかも、次々に妖かしが出てきてくれれば、化け物退治という仕事をはじめたあの人は、もう一生食いぶちには困らないということになるのではないか……。

「頑張ってもらいましょうかね」

お静はなにごともなかったように書物をもどし、そっと布団に横たわった。

第二章　血みどろ風呂《ぶろ》

一

新大橋をわたっている途中で、川風になぶられ、思わず、

「寒いっ」

と声が出た。寒いのも道理で、もう師走《しわす》なかばである。

月村四十郎は、かんたんな用心棒仕事をこなしてもどってきた。人形町《にんぎょうちょう》の大店の娘が、八王子《はちおうじ》の親戚《しんせき》の法事に行くのに、送り迎えするだけで、一両の礼金をもらった。あるところにはあるものである。しょっちゅう、こんな用心棒仕事があるなら、化け物退治などは引き受けない。

ただ、この娘のわがままなのには閉口した。「他人のふりをして、十間以上、離れてついてこい」だの、「話しかけるときは誰もいないときにしろ」だのと、うるさくてたまらない。近頃の若い娘というのは、これほどかわいげがないのかと呆《あき》れ

た。まあ、それも含めての一両だったのだろう。

冬は物入りである。炭を買う金も必要だし、正月ともなれば、餅《もち》代も準備しなければならない。それぱかりか、着物の襟のあたりも破れ目が目立ってきている。これでは裕福な依頼人のところに行くとき、気後れはするし、足元だって見られかねない。古着でもいいから、なんとか一枚、買いたいところである。

〈山城屋〉の燃える顔の騒ぎで、大枚十両を手にしたが、薬代が溜《た》まっていたのと、〈こだぬき〉への支払いなどで、もう底がつきかけている。金が入るのと出るのとでは、どうして出るほうが断然、速いのだろうと不思議な気がする。

——おや？

長屋の路地に入る前に、四十郎はふと足を止めた。

つけられているような気がした。振り向いたが、とくに怪しげな者は見当たらない。八王子への行き帰りのときは、そんな気配はなかった。

——からすか？

とも思ったが、通りの家々の軒先にからすの姿はない。

この前、襲撃してきたひきがえるに似た男のことを思い出した。

——やつの仲間か？

一人は倒したが、まだ仲間がいるはずである。淡島から預かったものを見れば、襲われた理由もわかるのかもしれないが、見ればのっぴきならないことに巻き込まれそうな予感もある。しばらく、ようすを見ることにしたのである。

長屋につくと、家の屋根にいつものからすが三羽とまっている。曇り空に黒い影がくっきり浮かんでいる。からすには、額が出っ張ったやつと、すっきりしたのと二種類いるようだが、こいつらは後者である。

からすというのは、寒々とした景色に似合うものだと感心する。もしもこの世にからすがいなかったら、冬の景色はかなり寂しくなるのではないか。からすもやはり寒いのか、訊いてみたい気もする。八王子まではついてこなかったようだが、おそらく連中にも縄張りのようなものがあるのだろう。

戸をあけると、伜《せがれ》の良太郎と目が合った。

「よう、来てたか」

「お邪魔しております」

「あいかわらず他人行儀だな」

良太郎は二年ほど前から漢方医の武田仁斎《たけだじんさい》のところで見習いの医者をしている。早いもので、来春にはもう二十一になるのだ。

「ひさしぶりだが、忙しいのか」

「ええ。往診をまかされている患者が五人おりまして」

「ほう。それでは若先生ではないか」
「それはしばらく前からそう呼ばれたりしていますが」
と自慢げに胸を張った。
子どものころは泣いてばかりいた。よく上の娘と逆だったらよかったと言ってい
たものだ。だが、十歳を過ぎたあたりから、急に知恵がついたようで、書物を好む
ようになった。学問所でも、よくできると褒められたときには、ずいぶん嬉《うれ》しい思
いをしたものである。
ただ、息子とはいえ、なにか肌が合わない感じを覚えることも少なくない。実際、
十六、七くらいからなにかにつけて、父を冷たくたしなめるような口調になるとき
もあった。そのときの言い方はお静そっくりだった。

「良太郎はお願いがあって、来たそうですよ」

とお静が布団に座ったまま言った。

「願い？」

思わず顔をしかめた。神や仏じゃあるまいし、願われて嬉しい思いなどしたこと
がない。

「じつは、わたしはこのところ、漢方ではなく、蘭方《らんぽう》を学びたいと思うようになり
まして」

「はい。そのためには、長崎に遊学しなければなりません。江戸では手に入らない書物も、長崎では見ることもできるそうです」

四十郎はそっと懐をおさえた。稼いできたばかりの小判をそのまま持っていかれるような気がした。

「だが、武田先生は気を悪くされるだろう」

「いえ。武田先生もむしろ、勧めてくださっています。向こうで身につけた知識をわしにも教えてくれとおっしゃって」

「それで、いつ、行くというのだ」

「来年の四月ごろには行ければと考えています」

「四月か」

とりあえず、今日のところはふんだくられずに済みそうである。

「そのためには、お前さまにも助けていただきたいと」

「ふむ」

やはり、こういう話になる。

「わたしの薬代だけでも大変なのですよと申しましたところ」

「母上の薬は、わたしの調合でもなんとかなりそうですので」

「蘭方だと」

「その分をぜひ、良太郎の遊学に」

そのまま回せば、良太郎の分がうまるというわけにはいかないだろう。

四十郎が難しい顔になったので、気がひけてきたらしく、良太郎はそそくさと帰っていった。

翌日は、井田道場で稽古《けいこ》をつける日になっていた。

昼ごろから出て、二刻《ふたとき》（四時間）ほどみっちり門弟をしごいた。井田清蔵は道場にこそ顔を出すが、ほとんど稽古はしない。黙って、道場の隅に座っている。たまには打ち合えと勧めるのだが、道場主の鉄心が嫌な顔をするのだと言う。「婿の腕を知られたくないのだろう」と井田は言うが、四十郎はそれこそひがみだろうと思っている。

稽古のあと、井田清蔵を誘って、〈こだぬき〉に行った。道場からだと夜には店先の灯《あか》りが見えるくらいの距離である。

「浪人の倅が長崎に遊学するかな」

一口飲んでから四十郎は言った。

「ふむ。まあ、それはいろいろだろうが。お前だって行かせてやりたいのだろう」

「そりゃあ、まあ、親としてはな」

「だったら頑張って稼ぐしかない」

「そういうことだ」

井田のところも一人息子だが、剣の筋がいい。鉄太郎《てつたろう》といって、いま、十九になったが、十五のときからおやじの腕を上回っている。ふだんはまだしも、道場での態度は明らかに父を馬鹿にしているという。

「鉄太郎はまた腕を上げたな」

「そうみたいだな。舅《しゅうと》も大喜びでな、なんなら、わしを飛ばして、倅に道場主をやらせてもいいようなことも言っているらしい」

「それはないだろうが」

と言ってはみたものの、そうなっても不思議ではない節もある。

「まあ、親も楽ではない」

と井田が嚙《か》みしめるように言った。

「まったくだ」

「もともと月村なんて、お調子者で、冗談ばかり言っているやつだった」

「そういえば、若いときはふざけてばかりいた気がする」

「いまは落ち着いたものだ」

「たぶん、根っこのところは変わっていないのだろうが」

「ふざけてる場合じゃないわけだ」

「そういうことだ」

あおる酒の味がほろ苦い。

「それはさておき、いい話があるぞ」

「化け物が出たか」

出てくれたほうがありがたい。これから良太郎の学費も稼がなければならない。

「湯屋でな、ふつうにわかしたはずの湯が、いつの間にか血の湯に変わっている」

「げっ、血がわいてるのかよ。臭いだろう」

「臭いだろうな」

「そりゃあ、たまらんな」

「そればかりか、湯屋の客がその血の湯に引きずりこまれて、いまだに浮かびあがらないらしい」

「まさか」

血の池といえば、地獄にはつきものだろう。だが、湯屋の湯舟が血の池に変わるなんて、そんなお化けの話は聞いたことがない。

「いまのところ、湯屋のあるじは、しらばくれて商売をつづけているが、ぼちぼちと噂が出はじめている。化け物をなんとかしなければ、早々につぶれてしまうというのさ」

「それはそうだろうな」

「場所はちと遠い。神田《かんだ》の須田町《すだちょう》だ。やるか」

「ああ」

血の湯舟なんて考えただけでうんざりする。だが、これも倅の良太郎のため、病気の妻のためである。

「では、明日の朝には、仁平に紹介状を届けさせておく」

仁平というのは、井田家で下働きをする老人だった。

「おぬしは、来ないのか」

「わしはいいさ」

「怖いのだろう」

「怖くはないさ。好かぬだけだ」

ばかばかしい言い訳だった。

二

翌日昼すぎてから、神田須田町の湯屋を訪ねた。四十郎の長屋からだと、急ぎ足で半刻（一時間）ほどかかった。

大きな湯屋だった。

湯屋の前には、〈山吹屋《やまぶきや》〉という看板のほかに、矢をつがえた弓のつくりものが、竿《さお》にぶらさがっている。「弓射る」が「湯に入る」の洒落《しゃれ》になっていて、江戸の湯屋はたいがいこれを看板にしているが、これからしてふつうの三倍ほどもある。色も金銀がふんだんに使われ、風で揺れるたびにきらきらと光っている。

「こっちとこっちも、この湯屋の店ということだったな」

だいたいのことは井田から聞いている。両隣は、一杯飲み屋とそば屋になっていて、これも湯屋のものなのだ。風呂《ふろ》あがりの一杯ときめこむ連中や、湯屋の二階には必ずある休息場で出前のそばを頼む客も多いため、こっちもたいそうな繁盛ぶりらしい。

入り口で番台にいた男に声をかけると、これが湯屋のあるじだった。

「手前がここのあるじの信兵衛《しんべえ》でございます。このたびは、妙なお願いをお聞き届けいただきまして」

番台から降りて、ていねいに頭を下げた。

越後《えちご》から出てきて、湯屋の奉公人から叩《たた》き上げたという。腰は低いが、商売の邪魔になるものは、虫一匹でも許さないという顔をしている。

番台を代わるので女房が呼ばれた。最初、あるじの母親かと思ったくらい老けている。

つづいて二人の息子も紹介された。双子の息子である。名を清作《せいさく》と幸作《こうさく》という、この二人はとにかくよく働くらしく、走りまわりながらの挨拶《あいさつ》だった。なにかものに取り憑《つ》かれたような顔をしていて、これはこれでへたな幽霊よりも気味が悪かった。

まず、あるじの話を聞くことにした。男湯の着替え場に立ったまま、話を聞いたのだが、とにかくこのあるじ、話しながらも、客に挨拶したり、細かいところに気を配ったりと、少しもじっとしていないのだ。

「くわしくうかがいたいが、まず、はじめに誰が、湯に色がついていると言い出したのかな?」

「それがよくわからないのです。最初に血じゃないかと騒ぎ出したのは、常連の下駄屋のおやじか、大工の竹《たけ》さんだったという者もいますし、二人に訊《き》いたら見知らぬ若い坊主だったとも言っておりまして」

「実際、湯は赤かったのですな」

「あとでたしかめると、赤かったです。そのときは、わたしはまだ番台にいて、何を騒いでいるんだろうと、見ましたが、とくにおかしなことはありませんでした。

そのあと、なんとなく湯が波打つような感じになってきたそうでして」

「湯が波打つとねえ」

誰かがざぶんと入ったりしても、湯舟の湯は波打つこともあるだろう。

「ええ。地震じゃないかと騒ぐ客もいたそうです。それから、赤くなった湯が渦を巻いたかと思うと、湯舟の真ん中あたりにいた女の客が、その渦の中に引きずりこまれていったそうです。そのときはもう、きゃあきゃあという悲鳴の嵐で、わたしもすぐに吹っ飛んでいきましたが、何が起きたのかはしばらく経ってみないとわかりませんでした」

あるじは冷静な話しっぷりで、もし、このあるじがその現場を見ていたら、もう少し事態がよくわかったかもしれない。いずれも、客や洗い場にいた三助からの又聞きだった。

「なるほど。ところで、こちらの店に化け物が出るような理由はあるのかね」

「理由と申しますと」

「たとえば、ここの湯舟で女が殺されたとか、あるいは湯屋を建てる前は墓場だったとか」

「滅相もない。男の年寄りが湯舟でひっくり返って亡くなったことはありますが、そんな話はどこの湯屋にだってあるはずです。女が殺されたなんて、そんなことは一度だってありません。それから、湯屋が建つ前とおっしゃったが、ここは女房の実家が三代前から湯屋をやっていたところです。その前というと、ここらは雑木林だったと聞いていますが」

だいぶ年上に見える女房の家に、婿に入ったらしい。

「まあ、雑木林で首を吊った女がいたかもしれないしね」

「ふん」

あるじの信兵衛は鼻でせせら笑った。冗談が通じにくい男である。

「誰かに恨みを買うことは」

「あのですな、それは繁盛していますので、あらぬ妬《ねた》み嫉《そね》みを買うことはあるかもしれません。だが、ここまでにしたのはわたしの人の三倍、いや五倍の働きがあったからこそ。恨みなど買ってる暇もなければ、気にする暇もありません」

「さようか」

たいそうな自信である。

「女が消えたというのは、そのとき一度だけか」

「ええ。あとは湯が血で染まったことが三度ほどありました」

「その血というのは本当なのか。染料を溶かしただけではないのか」

「それはわかりませんな。ただ、そのつど客は血だと騒ぎました」

「匂いは？　血であれば、臭くてたまらんだろう」

「ああ、匂いはなかったと思います」

結局、女が消えたという以外は、はっきりしない話である。

ざっと話を聞いたあと、

「湯に入れてもらえるかな。入ってみないとわからないこともあるんでね」

「どうぞ、どうぞ。うちは終《しま》い湯近くまでどんどん湯を足しますので、きれいなものですから」

実際、入ってみると、たしかに気持ちのいい湯だった。

何よりまず広い。四十郎が通っている深川の海辺大工町の湯屋に比べたら、洗い場から何から三倍はある。客も多いが、これだけ広いと、ゆったりした気分になる。

石榴口《ざくろぐち》の細工も凝っている。富士山のかたちはどこの湯屋でも見かけるが、ここは竜宮城の門がかたどってある。表の看板同様に金銀が使われ、さらに色鮮やかな魚がたくさん浮き彫りになっている。

石榴口をくぐると、入るときや洗い場は別々だったが、ここで男女混浴となる。灯《あか》りは両隅に小さな行灯《あんどん》があるだけだが、それでも湯に浸かった女たちの影がなまめかしく浮かぶくらいには視界が利く。混浴はいちおうご法度《はっと》だが、江戸の湯屋はすぐにこうなってしまう。

湯もきれいである。ありがちな垢《あか》臭い匂いがしないのも、あるじが言ったように、どんどん湯を足しているからだろう。湯舟の板壁の向こうには、湯をわかすところがあるはずで、そこから樋《とい》をつたって湯が追加される。そこに誰がいるのかは、こちらからはわからない。

こんな湯屋なら、ちょっと足を延ばしても、こっちまで入りにくる。すると、周囲の湯屋には怨《うら》んでいる者だっているのではないか。

あるじは、みずから客の背中を流したりしている。人の五倍働いたと豪語するだけのことはしてきたのだ。しかも、さっきの仏頂面は消え、客の誰彼に愛想を振りまいている。たいそうな変わりようである。

充分、温まり、垢をこそげ落としてから、二階の座敷にあがることにした。湯屋の二階はたいがい客の休息場になっていて、町の噂などもいちばんわかるところである。

少し腹も減ってきた。顔を出したおやじに、隣のそば屋から出前を取れるのかと訊くと、「もちろんです」という。天麩羅《てんぷら》そばは自慢だそうだ。

遠慮してぶっかけそばを頼むと、たしかになかなかの味である。

双子の息子は、湯屋だけでなく、そば屋と飲み屋のほうも見ているらしい。清作だか幸作だか、どっちかがそばを運んできた。恐ろしいほどの忙しさである。なまじ顔かたちが同じなので、一人の人間が二倍働いているようにも見える。傍《はた》で見ているだけでも疲れてくるような家族だった。

四十郎はつい、うとうとと眠りこんでしまった。日ごろの疲れが出たのだ。寒い日でも、こんな気持ちのいい湯につかって、ごろごろすることができたら、ずいぶん疲れも取れるにちがいない。

目が覚めると、やはり客のあいだで、すでに噂になっているらしい。

「お化けが出たそうじゃねえか」

などという声も聞こえた。どこか面白がっている気配もある。そもそも江戸の連中は化け物や祟《たた》りをやたら恐れるわりに、それが他人《ひと》ごとだとなると、にわかに面白がったりするものである。

——本当にお化けだったのだろうか。

どうも、本物にしては、手が込んでいるような気がする。わざわざ湯を血で染めて、渦に巻かれて姿を消すなんてことを、本物がするだろうか。本物なら、隅のほうでじっと立っているだけでも、さぞや怖いはずである。

まもなく終い湯の時間になり、片付けが始まった。だいぶ片付いてきた頃、四十郎はあるじに声をかけた。

「働いているのは、ここにいるので全員ですかな」

「ええ、あと、そば屋と飲み屋に一人ずつ、下働きの婆《ばば》ぁがいますが、それは湯屋のほうには顔を出しませんから」

主人と女房、双子の息子に、奉公人が三人いる。そのうち二人は六十を超していると思われる年寄りで、もう一人は若い。二十歳《はたち》を出て、まもないだろう。

「女が湯に呑《の》まれたとき、湯舟の裏にいたのは誰だったかな」

「へっ、わたしと、この寿三郎《じゅさぶろう》さんと二人だけでした」

双子の片割れが若者を顎《あご》で指し示した。若者は寿三郎というらしい。

「すると、表にいたのが」

「家内は二階の掃除をしてまして、幸作のほうはそば屋におりました。番台にわたしと、洗い場に留吉《とめきち》と権助《ごんすけ》が」

あるじは歳のいった三助二人を示した。背の高いほうが留吉で、低いほうが権助という名らしい。

「消えた女を見たのは?」

と年寄りたちに訊《き》くと、

「女はいましたが、誰が消えたのやら、さっぱり」

互いに顔を見合わせて首を振った。だが、それは無理もないだろう。これから消えるとわかっていれば、じっくり見ておくだろうが。あるいは、たいしていい女ではなかったのかもしれない。

「ところで、客は減ったのかい」

「それが心配したほどには」

とあるじが言うと、三助の留吉は、

「増えてますよ。面白がって、毎日、隣町から来ているやつらだっているんですから」

と、疲れた口調で言った。

とりあえず、今日のところはこんなところだろう。帰ろうとすると、

「あの月村さま」

と、あるじに呼び止められた。

「なにか」

「言いにくいのですが」

と恥ずかしそうな顔をしながらも、しっかり湯銭とぶっかけそばの代金を請求された。

「そんなお化けは聞いたことがありませんねえ」

とお静は本を何冊かめくってから、顔をあげて言った。手にしている本には、

『怪しの湯案内』と題が書いてある。妙な本があるものである。湯屋や湯治場に出る化け物を集めた本だという。書くやつがいるのも信じられないが、こんなものを買うのはもっと信じられない。

「出たんじゃなくて、消えたんだからな。お化けじゃねえ。神隠しかな」

「神隠し……」

お静は首をかしげながら、別の本を引っ張り出した。どこに何の本があるかもだいたいわかっているというのだから、呆《あき》れたものである。

これも何冊かを引っ張り出し、

「やはり、神隠しでもないと思いますよ」

と、示した本は『神隠しから帰ってきた』という題だった。

「似たような話はないかい」

「ありませんね。風呂《ふろ》で消えるなどというのは。誰かの悪戯《いたずら》ではないですか」

「やっぱりお前もそう思うか」

「ところで、お前さま。その湯屋は、番付で関脇《せきわけ》になってましたよ。江戸でも指折りのいい湯屋ってことです」

お静は『大江戸湯屋案内』という本についていた番付表を開いた。指差したところには、たしかに神田須田町〈山吹屋〉と書いてあった。

「そうか、悪戯か」

「はい」

「明日は奉公人でも探ってみるか」

「そうなさいませ」

お静はそう言って、静かに横になり、いつもそうするように布団の両端を首にくるむようにした。首の隙間から入る風を防ぐ工夫であり、この態勢を整えたときは、何が起きようと眠りにつくときだった。

三

いきなりからすに襲われた。

翌朝、神田須田町まで行こうというときである。長屋の路地を出て、小名木川沿いの道を一町ほど歩いたが、からすはその川の下から突然、浮き上がってきた。新手の襲撃方法である。

「痛てて」

足をつかもうとすると、別のからすが降りてきて、四十郎の手をつついた。今日は二羽だけで、子がらすのほうの一羽がいないようだった。四十郎は三羽とも、区別をつけられるようになっている。

「この野郎」

からすは材木屋が並べていた材木の上で、何度かギャアギャアとあざ笑うような鳴き声をあげると、あとは四十郎が睨《にら》もうが、石をぶつける真似をしようが、そっぽを向いたきりだった。

新大橋をわたり、川づたいに神田須田町に入った。

今日は奉公人の話をくわしく聞いてみるつもりである。この前の燃える顔が悪戯だったように、こちらも悪意を持ったヤツが悪戯をしたということは考えられる。むしろ、そちらであって欲しい。熱い血の池に引き込まれることを思うと、恐ろしさだけでなく、吐き気もしてくる。

あるじの信兵衛に、奉公人の話を聞きたいと告げると、裏の離れに行くように言われた。

「これが離れか」

四十郎は思わず口にした。離れというより掘っ立て小屋である。表の建物の立派なことに比べると、排泄物《はいせつぶつ》のようなものである。このまま湯をわかす薪《まき》にできるだろう。

爺ぃ《じじい》の奉公人が二人、井戸端で顔を洗っている。

終《しま》い湯のあとも、湯舟や洗い場を磨いたりしなければならないらしく、すべての仕事が終わったのは、四つ（夜十時ごろ）近くなっていたはずである。

それで、明け六つ（六時ごろ）にはもう起きて動いているのだから、大変である。

「もう仕事かい」

と背の高い留吉に声をかけた。

「まったく、やってらんねえぜ」

陽の下で見ると、相当にすさんだ顔つきである。

「ほかで雇ってくれるところがあったら、いつだって移るさ」

と権助のほうが言った。

「そうなのか」

「そりゃそうさ。さんざっぱらろくでもないことをしてきて、悪いことをする体力がなくなったものだから湯屋で三助をしているだけさ」

三人で話しているわきを、たしか寿三郎といった若者がどんよりした顔で通り過ぎた。

「おい、しっかり集めて来いよ」

と留吉に叱られ、しぶしぶといったようすで荷車を引いて出ていく。

「元気がないようだな」

「寿三郎さんかい。あれは大店《おおだな》の若旦那《わかだんな》だからな」

「そう。おれたちとは育ちが違う」

「若旦那だからといって、ここで使われている以上、こき使われるだろう」

と寿三郎を見送りながら、四十郎は訊《き》いた。あのあるじのことだから、優遇したりすることはないのではないか。

「そりゃあ、そうだが。ただ、寿三郎さんは賃金をもらっているわけじゃないからね」

「ただ働きか」

「それどころか、逆に根性を叩《たた》き直してやるといって、預かり賃を取っているらしいぜ」

「しっかりしているのう」

まったく、ここのあるじときたらたいしたものである。

四十郎は寿三郎の跡をつけてみることにした。

このあいだは、ふんどし一丁だったので気がつかなかったが、奉公人のくせに、やけに身なりがいい。唐桟《とうざん》の着物など着ている。歩くときの裾《すそ》の開きかたがちがう。

四十郎の袴《はかま》などのようにしょぼたれていない。

着物は立派だが、寿三郎の歩みはだらけている。足をひきずりながら、面白くなさそうに、木切れを集めていく。これが、湯屋にとってはいちばん大事な仕事だと聞いたことがある。だが、寿三郎は大事な仕事などとはまったく思っていないだろう。

見ていると、後ろから尻《しり》を蹴《け》っ飛ばしたくなる。

雲がなく、陽があたるところは暖かくて気持ちがいい。寿三郎はその陽のあたるところしか歩かない。木切れがあっても、そこが日陰なら通り過ぎていく。

——これじゃあ、いくら歩いてもろくろく集まらないだろう。

と思ったら、そのうち、よその家の塀を一枚はがして、荷車に入れたりもした。

——ひでえ野郎だなあ。

空き地に、大きな木の根っこの燃えカスがあった。あれなどは、持って帰れば、けっこうな薪が取れるだろう。だが、持ちあげようとはしたものの、かなり重いらしい。しかも、手や着物が汚れるのを嫌がっているようすである。

案の定、すぐに諦《あきら》めてしまった。

——もう少しなんとかしようという気はないのかね。

一生懸命集めようなんて気はさらさらないのだ。

芸者らしき女が通り過ぎた。声をかけたようだが、相手にされない。

すると、なにかぶつぶつ呟《つぶや》きだしている。

何を言っているのか、聞きたくなってきた。

しらばくれて、横を通り過ぎると、少しだけ聞き取れた。

「おいらが番台にいるとき、あの姐《ねえ》さんが来たら、どうしようかねえ」

などと言っていた。ほとんど妄想の世界に入りこんだらしい。

――大丈夫か、あいつ？

自分が親なら、泣くまでぶっ叩いてでも、根性を叩き直してやるだろう。

このまま跡をつけていると、本当にそうしてしまいそうなので、湯屋にもどって、あるじにこの寿三郎のことを訊いた。

「寿三郎が女を殺して、そっと裏から出したってことは？」

「あれに限ったら、絶対にそんなだいそれたことはできませんよ」

とあるじは笑った。

「なぜ？」

「そんな根性はありません」

「怠け者かい」

「遊び人です。吉原から、湯島《ゆしま》あたりの陰間《かげま》茶屋まで、あの男がばらまいた金はどれほどになるか。おやじは、わたしと同じで、越後から出てきた働き者です。なすやきゅうりの棒手《ぼて》振《ふ》りからはじめて、漬物屋をはじめたのがようやく軌道に乗り、いまでは江戸名物といわれるほどの評判を呼び、大身代を築きあげました。ところが、伜《せがれ》はあんなになっちまいました」

「親の背中は見ようともしないってか」

だが、逆に見たからこそああなったのかもしれない。必死で働くその後ろ姿が、子どもにとって素晴らしいものかどうかはわからないのではないか。四十郎は、自分の後ろ姿にそれほど自信がなかった。

必死で働かなければ、子どもたちを食わせていけない。だが、子どもからしたら、放っておかれたような気持ちになる……人生はなんと矛盾に充ちているのか。

「さいわい、わたしの伜たちは、働き者で」

あるじは嬉《うれ》しげな顔をした。

「まさに二人分だな」

「そういうことで」

おやじの自慢げな顔から目をそらし、もう一度、湯屋の裏へとまわった。

今度は双子の伜たちが、荷車を引いて、木切れ集めに出るところだった。こいつらはいかにも機敏な動きである。

——なあに、こいつらだって、見張っておかなきゃな。

四十郎は意地悪な気持ちになって跡をつけることにした。

こっちは、二人して猛烈な速さで木切れを集めていく。

——なるほど、自慢するだけのことはある。

と、思ったときである。

うなぎの串《くし》焼《や》きを売っている店の前で、二人は妙な目くばせをした。四十郎は、すばやく用水桶《ようすいおけ》の裏に隠れ、二人の行動をうかがった。

一人が店の前に立ち、「一本いただくよ」と声をかけた。そのあいだ、片方は台の下からそっと近づいている。声をかけたほうは、金を支払っている途中で、

「あ、猫がいる」

と店の者の目をそらさせた。その途端、二人はすばやく入れ替わったのである。

そのとき、まだ取っていないふりをして、もう一本を手にした。それから、残りの三文を渡した。

つまり、三文ずつ出して、六文のうなぎを二本食ったわけだ。こいつらは、のべつこういうことをしているのだろう。いかにも手馴《てな》れたやり口だった。

——たいした自慢の息子たちだぜ。

まさか、あのあるじがこうした方法を教えたわけではないのだろう。だが、生き馬の目を抜くような生き方は、ちゃんとあのおやじから学んだのかもしれなかった。

四

翌日――。

四十郎は思い立って、寿三郎の実家をのぞいてみることにした。実家は上野山下《うえのやました》にある〈明神屋《みょうじんや》〉という漬物屋だと聞いた。この屋号には聞き覚えもある。

――わしが知っているくらいだから、よほど有名なのだろうな。

山下の大通りでもひときわ賑《にぎ》わっていた。

五間ほどもある広い間口で、奥行きも中が暗くなってどこまでかわからないくらいである。あるじらしき男はすぐにわかった。切れ長の目に特徴があり、寿三郎によく似ていたからである。

湯屋のあるじ同様、使用人の先頭に立って働いている。運ばれてきた荷車から荷を下ろすのにも手を貸している。小僧たちをこまかいことまで叱咤《しった》するようすを見れば、これではあの馬鹿息子はやっていけないだろうと、容易に想像がつく。

名物は福《ふく》の神《かみ》漬けというものらしい。赤い色である。

閃《ひらめ》いたものがある。

――食紅か。

食紅なら、湯に溶かしても匂いはないはずである。

小僧が出てきたので、つかまえて訊いた。

「若旦那《わかだんな》の寿三郎さんはいるかい」

「ああ、若旦那は勘当されましたよ」

まだ分別もつかない子どもらしく、ぺろっと口にしてしまう。

「では、家にはまったく来ないのか」

「それが……」

「旦那の目を盗んで、たまには来るんだな」

「ええ。おかみさんにこづかいをもらって帰ります」

そのついでに、食紅の一袋もかすめて帰るのには何の苦労もいらないだろう。だが、あの動きの緩慢な寿三郎が、たとえ消える女の役を誰かに頼んだとしても、化け物騒ぎなどという手のこんだことができるものだろうか。

四十郎はその足で〈山吹屋〉に向かった。

あるじを呼び出し、

「どうしても寿三郎が気になるんだが」

と告げた。閃いた食紅のことも話した。

「食紅ですか」

「それを湯に入れるくらいは、寿三郎にだってできるだろう」

「それは隙を見て、裏から湯舟に入れる湯の中に、ぶちまければ済むことですから」

だが、あるじはまだ、首をかしげている。よほど寿三郎を馬鹿にしているのだ。

「そこで頼みがあるのだが」

「何でしょうか」

「寿三郎に、今日からは遠くまで行って、木切れをこれまでの倍ほど集めてくるようにと言ってみてくれぬか」

「そうですか。それほどおっしゃるなら……」

あるじは裏にまわり、四十郎が頼んだとおりに早口で告げた。そのあいだ、四十郎は隠れたまま、寿三郎の顔を盗み見した。だが、寿三郎は表情に乏しく、これといった反応は見当たらなかった。

——ちがうのか。

と不安になったくらいである。

そのうち、あるじに命じられた寿三郎が、荷車を出しはじめた。もちろん、四十郎は寿三郎の跡をつけるつもりである。

寿三郎はのそのそと湯島のほうへ向かった。

茶屋が並ぶ一画に入っていく。途端に異様な気配が漂い出してくる。四十郎は一人ならとても足を踏み入れる気になれない。

ここらはみな、陰間茶屋である。男娼《だんしょう》たちと遊ぶところで、すれ違う女は、白粉《おしろい》の下に濃い髭《ひげ》が透けている。強い香の匂いが、すれ違っただけでもまとわりついてくるようだ。

その中の一軒の裏口の前で、寿三郎は何か声をかけた。

それから中にいる誰かと何か話を始めたが、声も聞こえないし、姿も見えない。

話はすぐに終わり、寿三郎は道にもどって、またのろのろと荷車を引き出した。

——今日、さっそく何か起きるかもしれない。

四十郎はずっと湯で見張ることにした。

出たり入ったりしながら、客のようすに注意を向けている。

なにせ気持ちのいい湯屋だから、だんだん湯治気分になってくる。

湯は熱い。四十郎は熱湯好きである。たっぷり首まで浸《つ》かり、洗い場に座って、ゆっくり身体を冷ます。この繰り返しで疲れが抜けていくようである。

客にはいろんなやつがいる。眺めているだけでも飽きないし、話を聞いているのも愉快である。

——今日はやらないのか。

諦《あきら》めかけたころである。湯舟に浸かっているとき、素晴らしくいい女が入ってきた。中は暗いが、いい女は影だけでもわかるのだと感心する。すっきりした鼻筋、小さな顎《あご》、背は高いが豊かな胸はだらしなく垂れておらず、きゅんと上を向いている。下腹にも無駄な肉はついていない。湯文字《ゆもじ》を着ていても、それはわかる。

だが、突然、

——あれっ。

と疑念が走った。すると、相手もはっとしたらしい。

「まさか、月村さま」

なんと同じ長屋に住む桃千代ではないか。

「こ、これは桃千代さん」

「こんなところでお会いするなんて」

ふだんは、近くの湯屋でも会ったことがないのに、神田まで来て湯屋で会うとは、何という偶然だろうか。

「近くに贔屓《ひいき》にしてくださるお弟子さんがいて、出張教授みたいなことをしてるんです。ここの湯が気持ちいいから、ぜひ入っていくといいと勧められましてね」

「そうでしたか。わしは、この湯屋で頼まれごとがあって……」

出るに出られない。というより、心のどこかで、桃千代といっしょに湯に浸かっていたいと思っている。

「ここの湯は広くて気持ちいいですね」

桃千代がくつろいだ調子で声をかけてきた。

「うむ、そうですな」

とは言ったが、桃千代といっしょに入るのなら、もっと狭くたって気持ちがいい。むしろ用水桶くらい狭いほうがいい。

膝を立てて座っても、二人だときつくて入れなかったりする。「足と足をからめるようにしないと入れないぞ」「こうですか、月村さま……」なんてな。

――いやあ、まいるなあ。

さらに狭くて、直径がせいぜい二尺くらいの筒のかたちをした湯舟でもいい。なぜ、そういう湯舟をつくらないのだろう。

ここに二人で立って入るようにする。どうしたって身体同士がぴったりくっついてしまう。「ちょっと窮屈ですわね、月村さま」「手をわしの腰にまわすようにしてみてはどうかな」「こうですか？」

――あら。そりゃあ、まずいんじゃないの。

頭がぼうっとしてきた。

「月村さま。なにか、面白いことでもありました？」

と、桃千代が湯舟の向こうから訊いてきた。

「えっ、どうして？」

「なんだか、さっきから微笑んでいらっしゃるみたいなので」

「いや、なに、ちと、湯屋の経営について考えたりしてましてな」

「まあ、そんな難しいことを？」

「こう見えても、難しいことを考えるのが趣味でしてな。難しいことを考えると笑ってしまうのですよ。あっはっは」

笑ったら、鼻血が出てきた。のぼせてきたのだろう。

だが、そんなことでこの素晴らしいめぐり逢いのときを失うわけにはいかない。

鼻血は出るにまかせて、そのまま湯に浸かっている。

血の湯の謎を探りにきて、自分が湯に血をどんどん流しこんでいるのだから世話はない。

——寿三郎の妄想を笑えぬか。

と、思ったりもする。

桃千代も熱湯好きと見えて、かなり長風呂である。

「ちょっと熱くなってきましたね」

「そうじゃな」

「月村さまもそろそろ出られたほうがよろしいのでは?」

どうも、裸体を見られるのが恥ずかしいので、こっちを先に出したいらしい。

だが、ここは踏ん張りどころである。

「いや、わしはここからがいい気分になっていくのでな」

「でも、さっきから頭がふらふらしているみたいですよ」

「これがいいのではないか。このたゆたう感じがな。漂えど沈まずというか」

「まあ。あたしはもう駄目ですわ。月村さま、お先に」

湯文字を押さえながら、桃千代が湯舟を出た。

どうしても、目が跡を追いかける。

きれいな、まさに桃のような尻《しり》に湯文字がぴったりはりついていた。

それを見たとたん、四十郎の視界が暗くなり、這《は》うように湯舟を出ることは出たが、うつぶせになったまま、しばらく気を失っていた。

五

結局、何も起こらぬまま湯屋は店じまいの時間になった。

四十郎はぐったり疲れて長屋にもどったが、布団に入っても、桃千代の裸身がまぶたの裏にちらついてどうにも眠れない。

桃千代は一足先に帰ったはずだから、いまごろはこの長屋の三軒へだてた向こうに横になっているだろう。

あのたっぷりと丸かった尻は横を向いているのか。それとも布団でつぶされているのか。

――ううう。この際、仕方がない。

横に寝ているお静に手を伸ばした。

「あら、嫌っ」

「よいよい」

「よくありません。困ります」

「困ることはあるまい」

「うつります」

「これくらいのことではうつるまい」

「不浄の身です」

「おっとっと」

それでは仕方がない。

こういうとき、四十郎は猫の姿を思い浮かべることにしている。猫の愛らしさで、女への欲望をごまかしてしまうのだ。だが、この夜ばかりは、顔は猫なのだが肢体は桃千代という奇妙な生き物が、四十郎の頭の中をいつまでも動きまわっていたのだった。

ようやく眠ったころである。

お静が咳《せ》き込み出した。やまいが悪化したのかと心配になるくらい、ひどい咳《せき》である。

ところが、咳き込んでいるのは、お静だけではない。なんだか、自分も咳をしているのではないか。しかも、苦しい。

まぶたの向こうが真っ赤になっている。

──火事だっ。

慌てて、飛び起きた。

「おい、お静。火事だ」

「どうりで息が苦しいと思いました」

「ほら、背中におぶされ」

「大丈夫。外に逃げるくらいはできますよ」

すでに視界いっぱいの炎である。それがこちらに倒れかかってきたような気がして、思わず足で蹴《け》った。

「あちち」

するとと、雨戸がはずれ、向こう側に倒れた。安普請ゆえのことだろう。おかげで、いちばん火の勢いが強かった部分が家から分離されたことになった。風が通った。煙が吹き払われた。

「月村さまのところが火事だ！」

駆けつけてきた長屋の住人たちが水をかけ、どうにか燃え広がるのは避けられた。だが、裏の床から柱が焼け、壁がなくなってしまった。冷たい師走《しわす》の風が吹き込んでくる。

「なんてことだ……」

大晦日《おおみそか》まで、あと七日ほどしかないというのに、このありさまだった。

火が消えたのをたしかめた長屋の者は、不審げに家にもどっていった。それもそのはずで、焼けているのは家の外側だけである。失火ではない。火付けでもしなければ、こんなところから火が出るわけがなかった。

——淡島から預かったもののせいではないか。

さいわい、預かったものは焼けなかった。

——なんなのだろう、これは。

四十郎は、本の山の裏に隠しておいた包みを取り出し、ぼんやり眺めた。紙にくるんであって中身はわからない。軽いものである。紙の感触があるが、巻物にしても軽い。

「それはなんですか」

と、お静が後ろから訊《き》いてきた。

「死んだ淡島から預かったものだ」

「この前のお人も捜しに来たものですね。まさか、さっきの火事も」

「わしから取れぬのなら、燃やしてしまおうと考えたのかもしれぬ」

それほど重大なものなのか。

「見るか」

「見れば、のっぴきならぬことに巻き込まれるかもしれませんね」

だが、すでにここまでされたのだ。開けて中身を見たほうが、対策も取れるかもしれない。

四十郎は包みを開けた。

出てきたのは、数十枚の書付の端を綴《と》じたものである。ぱらぱらとめくるが、読みにくい。

「達筆ですね」

と、お静が感心した声で言った。

めくるうち、どうやら西洋の文物を模写したらしい絵が何枚か出てきた。ふいに、動悸《どうき》が激しくなった。これは極秘の文書なのか。だとしたら、淡島がなぜそんなものを持っていたのか。そして、なぜ、わしに預けたのか。

――こんなもののために、淡島は殺され、わしは家まで焼かれた……。

四十郎は闇を見つめる。そこにも、得体の知れない化け物がひそんでいるような気がした。

六

火事が起きた翌日――。

やはり寿三郎は誘いにのった。

この日、四十郎はずっと湯屋にいた。お静は家にいて欲しそうだったが、何はともあれ金が入り用になる。そのためには、今度の頼まれごとを早いところ解決しなければならない。

騒ぎが起きたのは、終《しま》い湯が近くなったころだった。突然、

「ああっ、血が！」

という悲鳴があがった。湯をすくって、乏しい灯《あか》りにかざすと、本当に真っ赤に

染まっていた。

たちまち鳥肌が立った。

自分も死ねば、こんなところで泳がされるのか。恐怖で頭がくらくらする。吐き気もした。横を向いて、少し吐いた。

――血の池だ……。

やはり、こんな仕事はまともな人間がすることではない。本物の化け物だったらどうするのだ。このまま、あの世に持っていかれてしまうぞ。そんな感想も頭の中を駆け回っていた。

女がころんだり、腰を抜かしたりしている。なんで、怖いのかわからないまま怖がっている者もいる。どこかで見た地獄絵図にそっくりの光景である。

「あれーっ」

湯舟の真ん中で、髪の長い女がくるくる回りはじめている。回りながら、湯の中に引きずりこまれていった。

「女が湯の中に……！」

「誰か引きずりこまれた！」

騒ぎはますますひどくなった。

だが、恐怖と混乱の中で、四十郎は必死で目を凝らし、湯舟の隅をうかがった。

湯の中から頭を剃《そ》った男が浮かんできた。男はそそくさと逃げようとしていた。

この男は急いではいたが、恐怖にかられてはいなかった。しっかりした足取りで石榴口《ざくろぐち》をくぐり、洗い場を横切っていこうとした。

「待て」

後ろからこの男の腕をつかんだ。

「やぁん」

気味の悪い声が出た。陰間《かげま》だった。

陰間がかつらをつかい、女に化けていたのだ。

さも引き込まれたかのように装って湯にもぐり、すばやく湯舟の隅から出る。そのときは、かつらをはずし、湯文字《ゆもじ》も脱いで手に隠し持っているはずだ。

手をつかんで、ひねりあげ、

「これは何だよ」

「な、なにをなさる」

やはり、かつらと湯文字を丸めて手に持っていた。

「寿三郎に頼まれたんだろう」

「そ、そういうことです」

陰間だからかどうかはわからないが、あっけないくらいに観念した。うなだれた陰間の顔は幼いほどで、まだ二十歳《はたち》にもなっていないだろう。細い眉《まゆ》は剃ったあともないのに女のように細かったが、身体つきはまぎれもない男で、しかも力仕事をしていそうなほどしっかりと肉もついていた。

客を落ち着かせ、外に出してから、寿三郎たちも集められた。

寿三郎は、つかまっている陰間を見ると、泣きそうな顔をした。

「寿三郎はなぜ、こんなことを？」

湯屋のあるじは、寿三郎をあきれた顔で見ながら、四十郎に訊いた。

「たいした訳もないのだろうな。期待していた番台にもあがらせてもらえないし、毎日、木屑《きくず》集めで嫌になってきた。ここがつぶれたら家にもどしてもらえるだろう。おそらくその程度の考えだろうな」

「なんて身勝手なやつだ……」

と、湯屋のあるじは吐き捨てるように言い、

「お前のおやじやわたしのような、叩《たた》き上げの苦労など思ってもみないのか」

と説教をした。

寿三郎はしばらくうつむいていたが、ふいにきっとした顔をあげ、

「あのおやじの後ろ姿をずっと見てきたから、働くのが嫌になったのさ。必死になって働くその姿には、喜びも楽しみもない。金だけ。おいらもこのおやじと同じこ

とをして、一生を送ると思ったら、生きていることも馬鹿馬鹿しくなる。しかも、おやじはいつも、おいらのことをこいつは駄目だなという目で見た。おいらは駄目なんだ、駄目でいいんだとも思ったさ」

「親の心、子知らずだな」

と湯屋のあるじが笑った。どこか、勝ち誇ったような、嫌な笑いだった。

四十郎はあるじを見て、すこし沈黙し、それから、

「ところで寿三郎さんよ。こういう方法を思いついたのはあんたなのかい」

と訊いた。

「え」

「わしには、あんたがこんな方法を思いついたとは思えないのだがな」

四十郎はそう言って、自分たちには関係なさそうな顔をしていた双子の倅《せがれ》たちをじろりと見た。双子たちはそろって身じろぎをし、そのようすまでが鏡を置いたようにそっくりだった。

「そ、それは」

寿三郎がためらった。

「いいから言ってみな。なんでこんなことを思いついたかを」

「幸作さんと清作さんが……」

寿三郎がそう言った途端、双子が同時に寿三郎につかみかかろうとした。

「ふざけんなよ、寿三郎」

四十郎がすばやくあいだに入り、寿三郎に先をうながした。

「……これこれこういうことをしたら、客はずいぶん減って、楽になるだろうと」

「なんだと」

あるじの信兵衛の顔が硬直した。

「清作、幸作。それは本当か」

「いや、おれは言ってないよ。幸作が言ったんじゃないか」

「嘘だ。清作だよ、そんなことを言うのは」

「寿三郎、どっちだ」

信兵衛が怒鳴った。

「ええと、あのときは……」

「幸作だろ」

「清作だよな」

互いになすり合うが、どっちも同じようなものだと四十郎は思った。

もうそれ以上、口出しはせず、湯屋を後にすることにした。約束の礼金はあとで井田にでも取ってきてもらえば済むことだった。

身体はまだぬくもっている。外に出れば、冬の風さえ心地よいくらいだった。

だが、胸の中にはやりきれない気持ちがあった。親の心、子知らずと、かんたんに断罪できない何か。おのれにはどうしようもない、めぐりめぐる血の因果のようなもの……。

四十郎はぽつりとつぶやいた。

「心に闇、人が化け物」

がっくりと疲れて長屋に戻ってくると、倅の良太郎が火事見舞いに来ていた。

「おお、わざわざすまんな」

「いえ、それより夜風をなんとかしないといけませんね」

ふと、焼けたあたりを見ると、書物が積み上げてある。

「それは？」

「はい。とりあえず、書物をここに積み上げて壁のかわりにしようかなと思いまして」

お静を見ると、困ったような顔をしている。

「馬鹿。くだらぬことをする暇があったら、このあたりの空き家を探して来い」

「あっ、そうですね」

叱られて、良太郎はそそくさと外に出ていった。

「まったく気が利かぬやつだ」

「でも、あの子なりに頭を使ったのでしょう」

「書物なんぞ積み上げて壁にしていたら、倒れてきて押しつぶされるぞ」

「そこまでは思いいたらなかったのでしょう」

どうも、わが息子もあの馬鹿たれ若旦那《わかだんな》たちと大差ないのではと思えてくる。

しばらくして、路地を二つほど隔てたところに、似たような間取りの空き家を探してきた。四十郎が見に行ってみると、同じ間取りで、いまのところよりも新しいくらいである。大家と交渉して、早々にうつることに決めた。

お静のもとにもどると、良太郎はもう引っ越しのしたくをしている。

「良太郎、なにをしている？」

「え、荷物を動かそうと、本を縛っていますが」

「本は今日でなくともよい。それより母の布団が先ではないのか」

「あ、そういえばそうですね」

またも叱られて、ふてたような顔で布団を運んでいった。

「まったく、あいつが本当に人の命を救うことなんてできるのかね」

「ちょっと不安ではありますね」

「口だけは達者だがな」

「さっき話していたのですが、蘭方《らんぽう》はやめたくなったと言ってましたよ」

「なんだ、それは」

「今日、腹の皮が破れた患者がかつぎこまれたんですって。中から腸《はらわた》が飛び出していたそうです。見ているうちにもどしてしまったみたいですよ」

「まあ、それは慣れだろうがな」

「でも、蘭方では、腹を切り裂くなんて当たり前なんですって。それを聞いたら、蘭方はやはりやめようかなと」

「馬鹿か、あいつは」

四十郎は意地でも息子を長崎に行かせる気になっていた。

第三章　笛吹く夜叉《やしゃ》

一

元旦《がんたん》から十日ほどうららかな日がつづいている。年末に降った雪もすっかり消え、先ほどは小名木川沿いを歩いていたら、どこかから梅の香が匂ってきたように思った。もっとも花自体は見つからなかったから、気のせいかもしれない。

月村四十郎が松飾りの取れた通りを歩いてきて、長屋の路地をくぐったとき、家の前にやたらと大きな女が立っていた。咄嗟《とっさ》に面倒ごとの予感がした。

「お絹《きぬ》、どうした？」

嫁にやった娘のお絹である。

「父上」

と答えた顔が泣きそうである。入ろうか入るまいか、迷っていたらしい。嫁ぎ先で何かあったにちがいない。火事に遭ったことはまだ伝えてなかったので、この住まいは前の長屋で聞いてきたのだろう。

「どうした?」

「川田《かわだ》の家を追い出されました」

「なんと……」

十八歳のとき、嫁にやった。相手は藩の重役の川田伊知兵衛《いちべえ》で、見初められてのことだった。ただし、川田はお絹より十五も年上で、先妻をやまいで亡くしており、二人の子がある家に入ったのだった。

四十郎が浪人する直前の嫁入りだった。もし、浪人していたら、縁談は断られていただろう。

藩内の派閥争いのとばっちりを食った。上司の失脚で江戸詰めの藩士は総取り替え。四十郎はかんたんにお払い箱となったのである。娘の夫となった川田から、いずれ帰藩していただきますと言われたときもあったが、いまはまったくあてにしていない。その後、四十郎の浪人とはまるで関係ないことで、藩の財政は急速に逼迫《ひっぱく》した。いまさら派閥争いのあおりを食ってやめたような者を戻す余裕などどこにもない。

「まあ、とりあえず入れ」

戸を開けるや、お絹は、

「もう出ていけって言われた……」

と子どものように泣き崩れた。

「どうしたの」

お静は背中をさすりながら、ひとしきり泣き言を聞いてやる。四十郎は黙って耳を傾けるばかりだったが、原因は伊知兵衛がどこかの女に子を産ませたことで、お絹自身に子ができないこともあって、激しい怒りにとらわれたらしい。お絹はお静とは正反対の性格である。激しやすく、がさつである。さぞかし暴れたり、口汚くののしったりしたことだろう。川田の家でもどうにも手がつけられず、家から放り出したにちがいない。

「しかも、その子を引き取って、あたしに育てろって。あたしはばあやじゃないってえの！」

ひとしきり泣き喚《わめ》き、伊知兵衛の悪口を並べ立てると、ようやく落ち着いて、茶を立て続けに三杯飲んだ。

「厠《かわや》に」

と席を立っていくと、

「よく、いままでもったものだ。そのほうが不思議な気がする」

と四十郎は頭を抱えながら言った。

「それはそうですが、もう、あの子も二十五歳ですよ。いまさら、ほかにはやれませんし、どういたしましょう」

お静は皮肉な笑みをたたえながら、静かな調子で言った。

「置いてやるしかあるまい」

「食い扶持《ぶち》が増えますね」

「なんとかなるだろう」

とは言ったが、不安もある。なにせ女は物入りである。

「それに、川田の家に対しても、このまま、黙っているわけにはいきませんね」

「なあに、向こうもそのうち挨拶《あいさつ》に来るだろう」

平穏無事な家はいくらもあるだろうに、どうしてわしのところは次から次に面倒ごとがつづくのだろう。四十郎は泣きたい気持ちである。

それから半刻《はんとき》（一時間）ほどして――。

今度は井田清蔵が顔を出した。

「おう、ここだったか」

火事見舞いがてら、新しい住まいを見に来たのだ。狭い家なので、遠慮して玄関口に立ったきり、上がろうとしない。

「なかなかいいではないか。二間つづきだし、陽あたりもよさそうだし」

年末は引っ越しなどで慌ただしかった。幸い、路地を二つ隔てたほどの、同じ町内に空き家が見つかったからよかったものの、遠くへ移らなければならなかったらたいへんだった。なにせ月村家は四畳半一間というわけにはいかない。お静の蔵書が膨大だから、四畳半など本で埋まってしまう。最低でも二間つづきの長屋でなければならないのだ。

お絹が奥から茶を持ってきた。

「おっ、お絹ちゃん。里帰りしてたのか」

「あ、これは……」

口止めするひまもなかった。

「出されたんですよ。ひまを」

とお絹は自分で言った。あけっぴろげといえばまだ聞こえがよいが、とにかく考えもせずに、何でも口にしてしまうような性格なのだ。

「えっ」

井田は驚いた拍子に茶をこぼした。さらに同情っぽい顔をすると、

「やあね、井田さま」

お絹はけらけら笑い、井田の肩を叩《たた》いた。お静に愚痴をこぼしたら、ずいぶんさっぱりしたらしい。呆《あき》れるくらいの立ち直りの早さである。

「ここではなんだ。外に出よう」

四十郎はあわてて近くの川っ縁《ぷち》まで井田を連れ出した。

「まあ、沈みこんでいないからよかったじゃないか」

「沈みこむような性格ではないから、こんなことになったのだ」

「なるほどな」

「子どもだ、まるで」

と四十郎はため息をつくしかない。

「それはそうと、きておるぞ、化け物退治の依頼が」

食い扶持が増えるのだ。化け虎だろうが、八つ目小僧だろうが、どんな凄《すご》い化け物でも引き受けなければならない。

「礼金は退治して二両、前金で一両。つごう三両だが」

「わかった。それで、化け物はなんだ」

「夜になると、どこからともなく笛の音《ね》が聞こえてくる。その音色ときたら、暗く、寂しげで、何か恨みでも訴えているようなのだ」

「それはまた薄気味が悪いな。それで、何が出る？」

「だから、笛の音だよ」

「なんだ、音《おと》だけか」

いささか拍子抜けした。

「だが、出るのは、とある大名の下屋敷だ。それが厄介なところだ」

「大名屋敷なら、いくらも侍がいるだろうが」

下屋敷で足りなければ、中屋敷や上屋敷からいくらでも引っ張ってくればいい。まさか、家臣たちがそろって、お化けが怖いというのではないだろう。

「ところが、内部の者には知られたくない事情があるらしい」

「そういうことか」

まったく大名の家などというのは、そんなことばかりなのだ。

二

まだ陽の高いうちに当の屋敷を訪ねた。某藩の下屋敷としか教えてくれない。だが、教えないのは建前のようなもので、近所の者に訊《き》けば誰でも知っている。松倉《まつくら》藩八万石の下屋敷だった。

めずらしく井田がついてきた。化け物がらみでは初めてのことである。

「いいのか」

「挨拶だけだ」

「挨拶に来ただけの者にも取り憑《つ》いたりするぞ」

とからかうと、

「そういうことは言うな」

井田は気味悪そうに、自分の肩のあたりを見た。

芝の浜に面した海辺の下屋敷である。

すでに噂にもなっているらしく、ちょうどすれ違った釣人二人が、

「ここで出るっていうじゃないか」

「ああ、おれも聞いた。番町《ばんちょう》皿屋敷より凄いらしいぜ」

と話していた。

「おい、ずいぶん噂が出回るのが早いな」

四十郎は首をかしげた。町家ならともかく、大名屋敷の内部の話はそうそう外には洩《も》れないものである。

「誰かおしゃべりな中間《ちゅうげん》でもいるのだろう」

と井田はたいして気にもしない。

門番に訪《おとな》いを入れると、すぐに中へ案内してくれた。ざっと見た限りでは、一万坪ほどの広さである。これだけ広いと、ところどころ庭木の枝が塀の外まで出ていたり、土塀が崩れかけているところもあったりする。つまり、入ろうと思えば誰で

も入れるのだ。

庭の造り自体もまったく凝ったところはなく、海辺の松林がつづいているような庭である。海辺側にもいちおう塀があるので、潮騒《しおさい》はそう大きく聞こえないが、風に潮の匂いは濃い。

この屋敷の用人は、山路小兵衛《やまじこへえ》という六十がらみの温厚そうな人物だった。

「善右衛門《ぜんえもん》のところで中間の斡旋《あっせん》をしてもらっていてな」

善右衛門というのは、四十郎も何度かは会ったことがあるが、井田が親しくしている口入屋である。井田はそこから剣の腕が入用な仕事をわけてもらっている。それを思うと、四十郎などは下請けの下請けということになる。

「聞けば、高名な井田道場の筆頭師範が化け物退治に骨を折ってくれるとかで」

「ええ、この月村が筆頭師範をしております」

黙って聞いていると、井田道場の門弟は千人もいるそうで、実際の三倍ほどに増えている。また四十郎も、十数人いる師範代の一人に過ぎないのに、いつの間にか筆頭師範などという聞いたこともない身分になっていた。

しかも、井田は吹くだけ吹いて、そそくさと退散してしまった。

「ここはさほど役に立たない下屋敷でしてな」

と用人の山路は、屋敷の概略について説明した。藩主がくることはほとんどなく、

前にきたのが、

「あの犬がまだ仔犬《こいぬ》だったころだな」

と、庭先でよろよろしている老犬を指差した。

住んでいるのは、用人とその妻、門番もかねた下男とその女房、それに雇い中間の五人だけである。なにかあれば、上屋敷や中屋敷からも応援にくることになっているが、そんなことはほとんどない。ふだんは五人で雑用を処理し、広い屋敷を管理しているという。そんなところに藩主に来られても困ってしまうだろう。

まずは、その笛の音というのを聞くことにした。

陽が高いうちに来たものだから、夜まで時間をつぶすのがたいへんだった。町家ならごろごろさせてもらうが、下屋敷とはいえ、大名屋敷ではそうもいかない。

「では、暗くなるまで将棋でもどうかな」

「いや、将棋はやりませぬ」

「ああ、囲碁のほうか」

「囲碁も……」

好意で言ってくれているのだろうが、内心、退屈しのぎの相手でも呼んだつもりかと思ってしまう。

「では、楽しみは？」

と用人はのんびりした口調で訊いた。誰しも趣味を持つのが当たり前だとでも思っているらしい。

「わたしはとくにないのですが、妻が書物を集めるのが好きなもので、それを傍から眺めたりしております」

というのは嘘で、書物なぞめくる気にはなれない。

「ほう、書物集めか。それはよいご趣味だ」

「そうでしょうか」

「うむ。じつは、わしも集めているものがあってな」

そう言うと、用人はいそいそと座を立ち、なにか冊子のようなものを何十冊も持って戻ってきた。

「どれもわしが直に行って集めたものでな」

と自慢げに冊子をいくつも広げた。

「これは……」

と四十郎は声も出ない。

「料理屋の箸袋《はしぶくろ》じゃ。どうだね、箸袋と一口に言っても、じつにさまざまなものがあるものだろう。これは、浅草の老舗《しにせ》の料亭として知られる〈仲根《なかね》〉、こっちはほれ、赤坂の〈更級《さらしな》〉じゃよ」

うっとりした目つきで、次々に店の名を口にする。どれも行ったことなどないが、一軒だけ近所の飯屋のものがあったので、そのことを言うと、

「ああ、あそこの茶飯は絶品でな」

と嬉《うれ》しそうな顔をした。

これがなかなか止まないのには閉口した。よくも、こんなくだらないことに夢中になれるものですなと、言ってやりたい衝動を抑えるのに苦労した。

やっと飯の時間になり、料理屋めぐりが趣味のわりには、粗末な飯を食わされた。銚子《ちょうし》の一本もつけてくれない。

静かな夜である。かすかに聞こえる波の音もおだやかで、すぐに眠くなる。実際、何度もうとうととした。

深夜――。

四十郎は、庭に面した部屋で一人、座っていたが、かすかに笛の音が聞こえてきた。

「これだ、これ」

用人が引きつった顔で入ってきた。二人連れ立って、庭に出る。

このところ天気もよく、夜もそれほど寒くはない。月の光で、砂が多い屋敷の庭は淡く浮かび上がるようだった。

風の音かと思ったが、やはり笛の音である。

「たしかにこれは」

「笛の音でござろう」

どこで鳴っているのかがよくわからない。屋根の上あたりかとそこに近づくと、音はもっと先に移っていくようである。数ヶ所で鳴っているようでもある。

背筋が寒くなるが、

「なかなかおつなものですな」

と無理して言ってみた。

「なにがおつなものか。毎日、聞かされる身にもなってみよ」

穏やかな山路の顔がゆがんだ。

笛の怖さは音が泣き声に似ているからなのか。だが、祭りの笛の音は楽しげだから、やはりこれは調子によるものなのか。

——たしかに、これは。

ずっと聞いていると、四十郎も歯の根が合わなくなってくる。

だが、怖いことは怖いのだが、これまでの化け物騒ぎに比べると、ちょっと地味ではないかという感想も出てきている。

「このほかにはなにか？」

「ほかにとな」

さっきすれ違った連中は、番町皿屋敷より凄《すご》いとか言っていた。だが、これだけでは、皿を数えるお菊《きく》に比べたらまるで怖くない。

「とりあえず、当家に出るのは笛の音だけです」

「とりあえず？」

妙な返事である。何か隠しごとがあるのではないか。

「急いで退治しますか」

と四十郎は訊《き》いた。わからないことがあるときは、慌てて深入りしないほうがいい。それはいままでやってきた用心棒仕事で学んだ鉄則である。加えて、このところ引っ越ししたせいもあり、用事がたてこんでいる。毎日、顔を出すのは大変である。

「いや。とくに悪さをするわけでもないし、ゆるゆると退治していただければよろしい」

「それはありがたい。では、とりあえず三日に一度くらいずつうかがうことにいたしましょう」

足元を震わせながら、四十郎は今日のところは退散することにした。

三

「まあ、こんな大きな娘さんがいらっしゃったのですか」

と驚いたのは、長唄《ながうた》・清元《きよもと》指南の桃千代である。焼け出されるまでは同じ長屋だったが、いまは路地を二本ほど隔てたところになってしまった。

「なりばかり大きくても、子どもでして」

お絹を連れてきたのだ。それもこれも、笛の音色を聞いたせいである。恐ろしかったが、別の考えも生まれたのだ。がさつなお絹も、ああいう楽器に接したりすることで、女らしい気持ちがめばえたりするのではないか、と思ったのである。

とにかくお絹ときたら、ここに来て三日しか経たないというのに、長屋でもすでに顰蹙《ひんしゅく》を買っているらしい。

ろくに挨拶《あいさつ》もしないし、長屋のおかみさん連中が立ち話をしていると、

「なんですか。みっともない」

などと叱ったりしたらしい。それでは使用人に対する態度である。

だいたい嫁ぎ先の姑《しゅうとめ》が気の弱い人で、気の勝ったお絹に行儀作法を教えこむこともなかったらしい。そもそもじつの母親であるお静からして、早々と諦《あきら》めていた

くらいだから、根っから男のような性格なのだろう。

だが、今後、市井に一人で生きていくとなれば、そんなことではやっていけない。なんとか、細やかな神経を身につけさせなければ、と四十郎なりに心配したのだった。

嫁ぎ先から追い出されるような娘でも、四十郎からしたらあわれだし、かわいくも思っている。

桃千代が教え上手だという評判は、以前から聞いていた。

普通、教える側になると、なぜその程度のことができないのと、自分が短気を起こしがちである。だが、桃千代にそんなことはなく、おだてたり、なだめたりしながら、気長に教えることができるらしい。まだ、三十にもなっていないだろうに、そんな教え方ができるとはたいしたものである。

「長唄でよろしいのですか」

と桃千代は訊いた。

「といいますと」

「お武家さまは歌舞伎の長唄よりも、お能の謡を好まれるとうかがっておりますが」

すると、お絹が口をはさみ、

「いいえ、あたしはあんな辛気臭いものは嫌いですから」

「まあ、それは」

「ぱぁーっと陽気な曲を」

四十郎は頭を抱えたくなる。出戻ってきたばかりの女が、ぱぁーっと陽気な曲をもないものである。

「なにせがさつな性格でして。三味線などを壊したりしなければよいのですが」

「まあ、そんなことはありませんよね」

「そうですよ。だいたい父上は昔からあたしを見くびり過ぎていたのです」

とお絹は口を尖《とが》らせた。

見くびるという言葉は当たらないにしても、お絹のやることに子どものときから頭を抱えつづけたのは確かである。なにせ、お絹はいわゆる娘らしさが欠けていた。

後片付けとかが極端に苦手だったし、使ったものはそのまま置きっぱなしにするため、始終、何かが見つからなくなっていた。飯の最中に厠《かわや》に立ち、箸《はし》を厠の中にある棚に置き忘れてきたこともあった。

また、いくつかのことを同時に並行して進めるというのもできなかった。例えば、掃除の途中で別の用事ができたとする。そういうときは、別の用事を無視するか、その用事に手をつけると、途中だった掃除はそのままほったらかしになった。

これは、持って生まれた性《さが》のようなものらしく、いくら躾《しつ》けようとしてもできなかった。しかも、四十郎にとってはこうした性はなじみ深いものであり、四十郎の亡母や姉や姪《めい》など、親戚《しんせき》のあいだでしばしば見かけられる気質だった。

――わしのところにある血なのだ。

そう思うからこそ、お絹の困った気質をかばってやりたくなるのである。

心配されたお絹の気性だったが、さいわい器量だけは目をみはられるほどになって、川田伊知兵衛という十五も年上の男がなにをとち狂ったか、のぼせあがってしまったのだった。所詮《しょせん》、いまの結果は予想のつくものではあったのだが。

「では、明日からいらしてくださいな」

「不束者《ふつつかもの》ですがよろしくお願いします」

最初のうちは、三味線に親しむため、二日おきに通うことにして、桃千代の長屋を辞した。

小名木川沿いの道に出て、路地を二つほどはさんだ長屋に戻ろうというときだった。

例のからすが襲撃してきた。三羽そろっていて、四十郎だけでなく、お絹の頭も突《つつ》いた。ふだん、他の者といっしょにいるときは、襲ってきたりはしないのだが、からすたちもお絹のことは娘だとわかったのだろうか。

「きゃあ、何、これ」

お絹はからすにまつわる事情を知らない。狙われるようになったのは三年ほど前からである。

「この無礼者」

喚《わめ》きながら手をぶんぶん振り回す。通りすがりの者たちも唖然《あぜん》とするほどの騒ぎである。

ついにからすたちもあまりの騒がしさに閉口したように、空高く舞い上がっていった。

「よくあることでな」

「よくあるですって。どうして、父上、あんなからすなど、斬ってしまわないの」

突かれて逆立った髪のまま、お絹は空に向かってこぶしを突き上げた。

四

芝の大名屋敷に何度か通ううちに、四十郎はどうしても見物人たちの噂話が気になってきた。

見物客はそう多くはないが、少しずつ増えてきている。夜になると、ぞろぞろとあちこちから集まってくる。皆、一人では怖いので、四人、五人と連れ立ってやってくる。見世物小屋のお化け屋敷のようなものである。

屋敷の外を歩くと、そんな連中の話が自然と耳に入ってきた。

「腰元が夜叉《やしゃ》になって笛を吹いているらしいね」

などと言っている男もいた。

「殿様に手打ちにされたらしいよ」

「屋根の上でも笛を吹いているんだろう」

という話も聞いた。この連中も他人《ひと》ごとだから面白がっているのだ。これが自分のこととなれば、たちまち神仏祈願がはじまるにちがいない。

そのなかに、やけに詳しい話をしている男がいた。

「笛の好きな腰元が、殿様の好きな曲を吹いてくれと命じられたそうだ。ところが、その曲は、昔、契った男との思い出の曲だった。それは二度と吹かないと誓いを立てていたんだな。いくら命じても吹こうとしない腰元に、殿様は愚弄《ぐろう》されたと激怒し、手打ちにしてしまったそうだ」

四十郎は思わず足を止め、

「それはまことか」

と訊《き》き直した。

「そういう噂でして」

これほど詳しい噂が出回るというのはなにかおかしい。

四十郎は屋敷に入ると、さっそく用人の山路に尋ねた。

「まことに失礼だが、この笛の音の騒ぎには、貴藩の過去になにか元になるようなできごとがおありだったのではござらぬか」

「ううっ、なぜ、そのような」

「じつは、この周囲に集まってきている町人どもが、噂をしておりましてな」

それらの噂を語った。

「いや、集まってきているのは知っておったが、そのようなことまで語っていたとはな」

「やはり、まことなので？」

「いや、違う。たしかに、先々代の藩主のときに、腰元がこの屋敷で亡くなったことはあったのじゃ」

「藩主に斬られてですか」

「とんでもない。先々代の藩主というのはたいそう温厚なお人柄で、とてもそのようなことをなさるお方ではなかった」

「では、腰元はなぜ」

「うむ。その腰元、たしかあやめという名だったが、笛が好きで、よく庭先で吹いたりしていた。ところが、その笛というのがひどい音色でな。調子っぱずれで、夜にでも吹かれようものなら、眠れなくなるくらいひどかった」

「そんなに……」

四十郎はちらりと、娘のお絹の三味線を思い出した。桃千代のところに寄ったら、長屋のおかみさんが耳をふさいでいるのを目撃してしまったのだ。

「その笛はわしも何度も聞いた。それはひどかったものよ。そこで、殿がまわりのことも気づかって、あやめに向かって直接、もう笛はやめたほうがよかろうと忠告したのじゃ。ところが、あやめはよほど笛に思い入れでもあったのか、突然、激情にかられてしまったのだ。あのときのことはよく覚えておる。あそこに杉の木があろう。あの上で首を吊ったのじゃ」

山路は建物のすぐ近くにある杉の大木を指差した。

「あんな高いところでどうやって？」

「まず、ここの屋根の上にのぼり、しばらく笛を吹いておったのじゃ。そのうち、いまは枯れてしまったが、隣にけやきの大木があってな、その枝をつたって杉の木に移ったのだ。そこでもしばらくは笛を吹いておった。ところが、急に『笛をやめろだとぉ』と大声をあげ、帯をほどいて枝に結び、それに首をかけて、えいっとばかりに飛び降りてしまったものじゃ」

「気が触れておったのですな」

「それは間違いない。あんな高いところにぶら下がったものだから、下ろすのには苦労したものよ」

山路は遠い目をしながらつぶやくように言った。

「やはり、その一件が関わっているのでしょうか」

と四十郎は訊いた。まったくつながりがないとは、どうしても思えない。

「それよ。今度のことでは、わしもすぐ、あのときのことを思い出した。だが、あれは三十年も前のことだ。そのあいだ、ずっとなにもなかったのだぞ。万が一、あのときの腰元の恨みが原因だったとしても、途中の七回忌や十三回忌あたりに出てきてもおかしくはあるまい。それを三十年も経ってから、なぜ突然、出てこなくてはならないのだ」

「まあ、そうですが。化け物の考えることはよくわかりませんから」

四十郎はぼちぼち暗くなってきた庭を見ながら言った。あと四半刻《はんとき》（三十分）もすると、今宵《こよい》も笛の音が流れ出すだろう。

「やはり、そうか。あの世に行って帰ってくるのに三十年かかるやもしれぬしな」

と、山路は大真面目な顔でうなずいた。

「だが、もしも三十年前のことを知っている者がやっているとします。それを知っている者は多いのですか」

「うむ。この中だけで処理したので、知っていたのはそう多くはないと思う。ただ、当時はいまよりも人の出入りも多かったから、はて、どれくらい知っていたのか……」

その者が最近になって、なんらかの事情から悪戯《いたずら》をしたり、言いふらし始めたのかもしれない。

「まさか、山路さまが自らなさっていることでは……」

四十郎は遠慮せずに疑念を口にした。

「何を言うか。それなら、わざわざおぬしを頼んだりはせぬ」

それはそうである。

「下男夫婦や中間《ちゅうげん》はどうですか」

「あれらは知らぬはずじゃ。下男夫婦がここへ来たのは事件から十年もしてからだ。中間にいたっては、つい最近のことだからな。それに連中は住み込んでおるし、そうそう外で噂をばらまいて歩くひまもあるまい」

「山路さま以外にご存知なのは」

「わしの妻だけだろうな」

山路の妻は足が悪く、屋敷の中も杖《つえ》にすがって歩いているくらいである。

「では、誰がいまごろになって」

「やはり化け物のしわざかのう」

用人の山路は落胆もあらわなため息をついた。

五

「なんだ、月村。見送りなどよいぞ」

と、友人の竹中馬之助《たけなかうまのすけ》がいぶかしげに言った。

四十郎の長屋がある海辺大工町を出て、小名木川沿いの道を東に向かっている。だいぶ薄暗くなってきたが、長くまっすぐな道なので、向こうには新高橋《しんたかばし》が見えている。

「いや、そうではないのだ」

と四十郎は後ろを振り向きながら言った。

「では、もう帰れ」

「ちょっと気になることがあってな」

誰かにつけられているような気がしているのだ。

もう一度、すばやく振り向く。誰もあわてて隠れるような者はいない。暮れ六つ（六時ごろ）近くなっても人通りはあるが、怪しげな武士はとくに見当たらない。

だが、さきほど感じた妙な気配は気のせいとは思えない。

からすでもないだろう。近頃はお絹が見かけるたびに石を投げつけたりするので、姿を消してしまった。それにいまは夜である。連中だってねぐらに帰っているだろう。ねぐらがどこなのか、確かめたわけではないが、おそらく父がらすを斬った上野の山がそうなのではないか。

「それにしても、おぬしが昔の物語なんぞに興味があるなんて思ってもみなかった」

と、四十郎は歩きながら言った。

「わしも自分で不思議なのだ。幼いころに平家琵琶《へいけびわ》を聞いたことがあるらしくて、耳の奥あたりに平家物語がしみこんでしまったらしい」

さきほど用心棒仲間の竹中馬之助に、お静の蔵書である『平家物語』を貸してやったところである。

〈こだぬき〉で竹中に焼け出されたという話をしたとき、本が多いのでたいへんだという話から、『平家物語』のなんとか版というのはないかと訊《き》かれた。お静に訊いたらあるという。そう返事をすると、わざわざ借りに来たのだった。

新高橋のところまできた。竹中はここをいったん北側にわたり、さらに東に行った亀戸《かめいど》村の近くに住んでいる。そこらは畑だらけの、かなり鄙《ひな》びたところである。

「もう、よい。月村、ここで帰れ」

竹中は立ち止まってから、四十郎に言った。

「わかった。気をつけろよ」

真剣な顔で忠告した。

「わしの腕は知らぬわけでもあるまい」

と、竹中は笑った。流派は違うが、用心棒の仕事で一刀流の見事な腕前を目の当たりにしたことはある。

これ以上、心配するのは、竹中に失礼というものだろう。四十郎はここで別れることにした。

ところが、どうしても気になるのだ。

一町ほどもどって、やはり立ち止まった。

——こういうときは、勘を信じるべきだ。

四十郎は踵《きびす》を返し、小走りに竹中を追った。

陽が沈んだ。竹中は灯《あか》りを持っていない。

道の左手は武家屋敷が並ぶが、もう人けは絶えている。

キーン。キーン。

闇の向こうで刀同士が打ち合う音がした。

四十郎は足を速めた。

半町ほど行ったところで、三人の男がいた。提灯《ちょうちん》の灯りがひとつあり、その光の中で影がすばやく交差し合うようすは、こうもりが舞うようだった。

「竹中だな」

四十郎は声をかけ、刀を抜いた。

「月村、もどってきたのか」

「やはり、気になったとおりだ」

下段に構えながら近づいた。以前、見かけたあの美男だった。近くに町人ふうの男がいる。こいつが家を見張っていたのだ。縦縞《たてじま》の着物に見覚えがあった。

竹中と美男がもう一度、交錯した。今度は刃がぶつかる音はせず、それぞれの刀が上から斜めに走った。竹中の腕は知っているが、驚いたことに美男の剣は竹中を凌駕《りょうが》するように見えた。

竹中はどこか斬られたのか動きが悪くなった。

「待て」

四十郎が美男の背後に飛び出した。

「邪魔するな」

美男がすかさず四十郎に斬りかかってくる。

斜めからきた最初の太刀を一歩下がってかわし、次の返す刀を軽く受けながら、踏み込むきっかけを探った。だが、隙がない。つづいて、三波、四波と、ずっと受けにまわらされる。

「竹中。懐の本をこいつに渡せ」

と四十郎は叫んだ。

「なんだと」

「いいから、早く」

四十郎にうながされ、竹中は懐の本をつかむと、美男に向けて放った。美男はそれを受け取ると同時に、数歩、飛びすさった。隙を見せない。

「よく、見ろ。それは『平家物語』とかいう語りものの本だ。こんなものが欲しいのか」

美男はその本を町人ふうの男に手渡し、中身をあらためさせた。

町人ふうの男が中をめくり、美男にうなずいた。

「違うだろうよ。お前らが欲しがるようなものは、わしの家にはないってことだ」

美男は『平家物語』をもどそうともせず、それを懐に入れ、小名木川の岸辺の石段を降りた。舟がもやってある。こいつらは、舟を使いながら、後を追ってきたのだった。

「わかったな。もう、姿を見せるんじゃねえぞ」

と四十郎は岸を離れた舟に向けて怒鳴った。

男たちが乗った舟は、この運河を上り下りする舟にまぎれ、見えなくなっていった。

「大丈夫か、竹中」

四十郎は申し訳なさそうに訊いた。こんなことになったのは、自分のせいなのだ。

「ああ、凄《すご》い腕だった。おぬしが来てくれなかったら、いまごろはあの世だったろう」

「何流だろう」

「わからん。うまい誘いがある。うっかり出てやられた」

竹中は腕をまくった。肩に一筋、傷が走り、血が滴り落ちている。かすり傷だが、長引けば竹中といえども窮地に陥ったはずだった。

六

「お絹は三味線か」

「はい。もう戻ってくるころでしょうが」

「喜んで行っているようだな」

「以前、琴を習わせたときよりはずいぶん楽しいようです」

たしか七つか八つのころだったが、行きたくないと言っては泣き、師匠が嫌いだと言っては暴れて、さんざんな思いをした記憶があった。

「それは何よりだ」

それどころか、一昨日《おととい》などは、夢のような話まで持ってきた。

というのも、桃千代は昔は売れっ子の深川芸者で、しかも四十郎が男としてすごく魅力があると言っていたという。お絹は桃千代の語りっぷりを真似して、

「なんていうのか、ひたむきなところがいいのよ。一生懸命、生きてるって感じがしますもの。あたしのまわりにいた男たちは、みんな遊び人ばっかり。月村さまみたいな目をした方はいませんでした」

と言った。

と思わず変な声が出てしまうが、

「でへっ」

「なにをくだらないことを言ってるのだ」

嬉《うれ》しさを押し隠して、どうにかしかつめらしい顔をつくって見せたものである。

「そうだ。お静。そなたに訊きたいことがある」

「なんでございましょう」

「笛というのは、つくるのは難しいのか」

じつは、屋敷内をじっくり見てまわっているうち、奇妙なものを見つけた。柱や、生垣の竹に小さな穴を開けられたものがいくつかあったのだ。笛というのにはおかしなものだが、人の手によるものとしか見えなかった。

「笛にもよりますが」

「それはそうだろうが」

最初はあいまいな答えだったが、お静はまず、とっくりに口をつけて鳴らしてみせた。

プォーッ。

というなじみのある音がした。これが笛の仕掛けの元だという。さらに、火吹き竹に穴をいくつか開けて、音のちがいを示した。つまり、笛などはそこらにあるものをつかって、いくらでもつくれるのだ。

「なるほどねえ」

とすっかり感心した。

ということは、あの屋敷で見つけた穴の開いた竹などは、やはり笛だったのだ。

あの音色は立派な笛ではなく、そこらにあるもので、適当にこさえたものが出す音色だったのだ……。

真相に迫まる手がかりを感じていたとき、

「父上……」

お絹が泣きべそをかいて、戸口のところに立っていた。この顔を見ると、四十郎の背中には必ず冷たいものが走る。

「また、何かやったのか……」

「父上が悪いのよ」

「わ、わしがか」

「三味線なんかやれなんて言うから」

「なんだ、それは」

「師匠の三味線を壊した……」

「えっ」

四十郎はすぐにそのときの光景が想像できた。おそらく、立ち上がる拍子に踏み潰《つぶ》したか、座るときに尻《しり》の下に敷いたのだ。そんな光景は子どものころから、幾度となく見てきた。

「足？　お尻？」

と訊《き》いたのはお静だった。同じことを思い浮かべたらしい。

「お尻」

とお絹が答えて、うつむいた。

「五十両だって」

「ご、五十両もするのか、師匠の三味線は」

めまいがしてきた。

「弁償はいいって」

「そうはいくか」

化け物が大挙して江戸にやってきたら、それくらい一度に稼げるかもしれない。

「父上が、あたしに三味線なんかやれとか、おっしゃるからでしょう。あんなところに行かなければ、こんなことにもならなかったのに」

「これ、お絹」

「うぁーっ」

と泣き出し、

「やっぱり、こんな家に帰ってこなければよかった。屋敷の裏のとんぼ池に飛び込んで、死ねばよかったんだ」

と大声で喚《わめ》いた。

子どものころとまったく変わっていない。これほど大人になりきれていない女が、武家の妻などつとまるわけがなかった。よくも、六年以上も置いてくれたと感謝しなければなるまい。

ところが、泣いている最中に、また思わぬ事態が起きた。戸口のところに川田伊知兵衛が立っていたのだ。お絹の亭主である。川田は泣きじゃくっているお絹を恐る恐る眺めながら、

「迎えにきました」

そう言ったのである。

お絹が夢でも見ているような顔になった。

「もどってくれ、お絹」

「いやです」

と、お絹は首を横に何度となく振った。

「子どもらもそなたがおらぬと寂しがっておる」

と川田が言い、四十郎は、

――嘘だろう。

と思った。お絹が、血の通っていない子どもに好かれ、帰りを待たれているなどとは。

だが、それは嘘ではないらしかった。子どもたちがお絹の帰宅を願う気持ちを綴《つづ》った書状まで持参してきたというのだ。

四十郎は胸が詰まった。

この育ち切れていない子どものような娘が、おそらくは懸命に子どもたちに接し、どうにか心を通い合わせてきたのだろう。

やはり、お絹の居場所はいまやここではなく信夫藩の川田の家なのである。

「お絹、帰れ。父の命令だ。いますぐ帰れ」

四十郎はできるだけ居丈高に言った。

「そうです、お絹。もどっておあげなさい」

ふだんは物静かなお静も、息せき切った調子で言った。

「頼む、お絹。このとおり」

川田伊知兵衛は、すっかり白くなった頭を深々と下げた。

結局、お絹は三味線の借金だけを残し、わずか十数日ここにいただけで婚家にもどっていったのである。

七

——出そうな気配がある。

四十郎はそう思いながら、息をひそめていた。五つ（夜八時ごろ）はとうに過ぎただろう。この時刻になると、用人の妻や下男の夫妻は、布団にもぐりこんで、耳をふさいでいる。

海風が強くなってきていた。

今日の昼に庭を見てまわったとき、

「本当に化け物かねえ。笛の音くらいじゃ怖くもなんともないぞ。姿を見ないことには化け物だなんて信じるものか」

大きな声でひとりごとを言ってみた。聞こえよがしの一人芝居だったが、建物のあるあたりで、かすかな足音がした。

笛が鳴り出した。この笛はちゃんとした笛ではない。生垣の竹や、物干し竿《ざお》の竹、庇《ひさし》に置かれた雨どいのような竹、それらに穴が開けられ、簡単な細工をほどこされたものが、海風に当たって鳴っているのだ。それは、昼間、屋敷の周囲をつぶさにまわって、確かめておいたことだった。

ただし、それだけではない。誰か屋敷内を笛を吹きながら歩きまわっている者もいることはいる。それは、こちらが近づけば逃げる。

それらの混じり合った音が、この下屋敷を化け物屋敷にしているのだ。

「いよいよ笛が鳴り出したのう」

山路が恐る恐る四十郎がいる物置の陰にやってきた。

「ええ。誘いに乗ったようです」

四十郎の計画は用人の山路にも話してある。

「ということは、化け物ではないと」

「それはわかりませぬ。化け物が誘いに乗ったかもしれない」

とは言ったが、やはりこれは人のしわざと確信している。

四十郎と山路は連れ立って、建物の外側をゆっくりと回りはじめた。

細く音階のある音色が、厠《かわや》のあたりから海辺側へと移動したようだ。

「あちらだ」

足を速めた。

角を曲がった。

「あっ」

すぐに用人の山路が驚いた声をあげた。

「どうされた?」

「殿が来られたときだけ使う部屋に……」

と指差した先に、灯《あか》りがともる部屋があった。しかも、障子に女の影が映っていた。

「ひっ」

という声がした。四十郎が自分で出した声かもしれなかった。

山路は身動きできず、ふらふらと立っているのも精一杯のようだった。

四十郎はまず、大声をあげた。何と言ったのかは、自分でもわからない。「えい」とか「おう」とか意味のない言葉をあげたはずだった。次に刀を抜き、灯りのついた部屋に向かって駆けると、はずみをつけて縁側に飛び上がり、

「この野郎。怖くなんかあるもんかあ」

と喚きながら、障子に映った影を袈裟《けさ》がけに斬った。

障子は真っ二つに割れて、はじけ飛んだ。同時に中のようすが見えた。

部屋の真ん中に燭台《しょくだい》がひとつ置かれ、手前に小さな女のかたちをした紙が棒で支えられていた。この影が障子に映っていたに過ぎない。子どもだましの手口である。

左手のふすまが開いている。誰かが向こうへと逃げていく気配がした。

四十郎はあとを追った。暗くて何も見えないが、遮二無二《しゃにむに》突き進んだ。

「こら、待て」

突然、正面から来た者と頭同士がぶつかった。持っていた刀で刺しそうになった。

「化け物かっ」

訊《き》くのもおかしなものだが、思わず訊いた。

「違います、違います」

「灯りだ、灯り」

ばたばたと物音がして、何者かがいったん遠ざかり、行灯《あんどん》を持ってもどってきた。

この屋敷の中間《ちゅうげん》だった。

「さっき誰か逃げてきただろう」

「いえ、誰も」

そんなはずはない。誰かがこちらへ逃げて行ったのだ。廊下でこの中間と衝突しなければならない。

「貴様。どうして、ここにいる？」

中間の顔をねめつけながら訊いた。

「いえ、あの、騒ぎ声がしたもので」

大名屋敷の中間にはろくな者がいない。町方《まちかた》の役人が踏み込めないのをいいことに、屋敷の中で賭場《とば》を開いているやからもいる。だが、この男はそうした手合いには見えない。気が弱そうである。

四十郎はこの中間の肩に手を置き、気軽な調子で言った。

「よう。これは貴様一人のしわざではねえよなあ」

「ううっ」

「手荒な真似をさせねえでくれよ」

「は、はいっ」

うつむき、白状するという態度を見せた。

そのときである。海辺側の庭の上のほうから、笛の音が聞こえてきた。こちらは、はっきりと音階がある音色で、笛の心得のある者が吹いているとしか思えない。

塀の向こうからは、

「出た。笛夜叉《やしゃ》だ」

などと見物人たちが騒ぐ声もしている。

「なんだ、なにごとだ」

四十郎は中間にも来るように命じ、ずっと立ち尽くしていた用人の山路も呼びに行き、三人で恐る恐る笛の音がするほうへ行った。

ピイヒャララ。

笛の音はまだつづいており、高い松の木の上に誰かがいた。女の着物が見えた。矢絣《やがすり》の模様。中間に命じて、下から提灯《ちょうちん》の明かりを向けさせた。女の着物が見えた。腰元がよく着ている着物の柄である。背筋に冷たいものが走る。こんな夜中に木の上で笛を吹く女なんて、化け物以外にいるだろうか。あやめの亡霊が出ているのか。

「わらわは笛夜叉じゃ」

と、松の木の上の女は叫び、ヒッヒッヒイと笑った。

「ああーっ」

四十郎は我知らず逆上していた。刀を振りかぶり、笛吹く夜叉のいる松の木の幹に斬りかかった。もちろん固い松の幹を一太刀で斬り倒せるわけがない。何度も何度も斬りつけた。

まさかりで木を切り倒すときのように、幹に次第に切れ目ができていき、ついに揺れはじめた。

やがて、突然、笛夜叉が上から降ってきた。それは四十郎の目の前に落ちた。

「痛てててっ」

と笛夜叉が喚《わめ》いた。お化けなら、落ちるはずも、さらに身体を打ちつけても痛いはずがなかった。

「何者だ」

「ふ、笛夜叉じゃあ」

「嘘をつけ」

四十郎がもう一度、刀を振りかざした。

「おっ母ぁ」

誰かが駆け寄ってきた。塀を乗り越えてきたらしい。

「斬らないで、亡霊なんかじゃない」

「な、何者だっ」

「この者は、以前、この屋敷で腰元として働いていた八重《やえ》という者です。わたしの母でございます」

と、駆け寄ってきた男が言った。まだ若く、女をかばうようすは必死でけなげだった。

「八重……」

用人の山路が記憶を探っているようだった。

「おっ母さん。だからこんなことまでしなくていいと言ったのに」

若い男は、笛の夜叉を抱え起こした。

「あんたのためなら、あたしは何だって」

夜叉も若い男に強くすがりつく。どうやら、親子であるのは間違いないらしい。

「さあ、立て。話を聞かせてもらうぞ」

四十郎が女を無理にでも立たせようとした。ここでは、塀の上によじ登って見ている見物人たちに丸見えである。またまた、つまらぬ噂を町中にふりまくことになっては、用人の山路も迷惑するだろう。

「手荒な真似はおやめください」

「いいの、貞吉《さだきち》。あたしはもう駄目」

女はやたらと甘えた声を出した。

「死んでは駄目だ。おっ母ぁがいないと、おいらはおしまいだ」

若い男は、夜叉の胸に顔を寄せた。夜叉もまた、それをぐいっと抱えこむ。

「あたしだって、お前がいないと」

「おっ母ぁ」

「貞吉っ」

息子と母親が頬と頬を重ね、ついにはあろうことか、おっとっとっと……。

「どうも気色の悪い母子だったのう」

うんざりした顔で山路が言った。

屋敷にもどり、一件が片付いたので、無理やり下男夫妻を起こして、酒肴《しゅこう》の準備をさせた。酒でも飲まないと、ともにやりきれない気分になっていた。

「思い出しても吐き気がしますな」

そう言って、四十郎は茶碗酒《ちゃわんざけ》を一息にあおった。

下手人、というほどの悪事ではないが、笛のしかけをつくったり、噂をばらまいたりしたのは、昔、首を吊って死んだ腰元のあやめの同僚だった。その息子の貞吉は売れない台本作者だった。

息子はかつて母から聞いた話を題材に、場末の小屋でかけられた芝居の台本を書いた。『松風笛吹夜叉』という題だったが、これがまるで当たらない。母親は息子の芝居が当たるため、何でもしてやろうと、話題作りのためにこの芝居に出てくる夜中の笛の音や木の上の夜叉を実演してみせたのである。

それを手伝ったのが、貞吉とは以前からの知り合いで、この屋敷の、芝居好きの渡り中間《ちゅうげん》だった。

だが、町の噂にはなっても、芝居のほうは、番町の皿屋敷の怪談と比べてまるで怖くないと、まったく流行《はや》らなかった。

「笛吹く夜叉などより、あの母の深情けのほうが怖いのう」

と山路は貝の煮付けをうまそうに食べながら言った。

「まったくです。溺愛《できあい》すると、なんでもやれてしまうらしい」

四十郎は貝よりも鰹《かつお》を煮付けたものを何度も口に運んでいる。腹も減ってきているのだ。

「親子の情愛もほどほどがよい」

「心に闇、人が化け物」

「それは何かな」

「いや、この仕事をやるようになってから、つくづく思うことでして」

「なるほど。ところで月村どの」

山路が箸《はし》を膳《ぜん》の上に置き、改まった顔をした。

「はい、なにか」

「以前はどちらの藩におられたと」

「信夫藩に」

「ああ、しっかりした藩じゃ。なるほどのう。道理でな。どうだな……」

と、そこで山路は咳払《せきばら》いをひとつし、

「当家につとめる気はござらぬかな」

と言った。

「えっ」

思いがけない急な申し出だった。

「見事な太刀さばきといい、度胸といい、拙者、感服つかまつった。月村どの一人を抱えるくらいの力ならわしはまだ持っておる。どうだな、考えてはもらえぬかな」

「して、待遇は？」

四十郎も箸を置き、襟を正して訊《き》いた。

「五十石ほどで」

「ううっ」

ひどく低い。だが、心は大きく動いた。この屋敷で、海風に吹かれながら、夫婦ともどものんびりと……。扶持《ぶち》などいくら安くても、武士の暮らしはなんとかなってしまうものなのだ。ただし、借金さえなければである。その借金がまた……。

「一存では決めかねますので、家内とも相談の上」

と濁したが、これはやはり断らざるを得ないのはわかりきっていた。

第四章　狐火宗匠

一

できるだけ考えまいとしているのだが、どうしても死相が出ていると言われたことが、なにかの拍子にふっと思い出されてしまう。いっそ、いついつとはっきり言われたほうが、気もさっぱりするのかもしれない。だが、それだとあらゆることが馬鹿馬鹿しくなって、化け物退治などもやる気が失《う》せてしまうのではないか。

――なにか、やり残したことはあるのか。

月村四十郎はそう思ってはみたが、あるような、ないような、よくわからない。

ということは、おのれの人生そのものが、あってもなくてもいいようなものに思えてくる。

近頃は、あの万年橋の近くにいる易者の前を通りたくないので、遠回りして長屋にもどったりする。今日も夕方になってから家を出たが、万年橋の前は避け、ぐるっと遠まわりして永代橋を渡った。もし、もう一度、声をかけられたりしたら、お前のせいで化け物退治などをする羽目になったのだと、怒鳴りつけてしまいそうだ。それどころか、川に叩《たた》きこんでやりたい。だが、怒りの感情はそう長続きはせず、いつも情けなく、しょぼたれた気持ちに落ち込んでいくのだった。

今日は〈こだぬき〉で井田清蔵と約束があった。だが、雑用のため、約束の刻限に四半刻《はんとき》（三十分）ほど遅れて行くと、井田はもうへべれけになっていた。この男がここまで酔うのはめずらしい。ほとんど箸をつけていないいさきの煮付けやあんかけ豆腐、イカ刺し、お新香などが並べられ、井田は柱に背をあずけて、首をふらふらさせている。

「なんだ、鉄心の馬鹿野郎が……」

つぶやいている言葉から察するに、舅《しゅうと》に嫌味でも言われ、自棄酒《やけざけ》をあおったらしい。井田に期待をかける舅も舅だが、四十郎は井田のほうももう少し道場のことを手伝ってやればいいのにと思う。なにせこの男は、こまかい金儲《かねもう》けであくせくするのが好きなのだ。

四十郎は酒だけ注文すると、さっそく残している肴《さかな》に箸を運びながら、

「おい、しっかりしろ」

と声をかけた。

「よう、月村か」

「月村かじゃない。だいぶ飲んだみたいだな」

「なあに、五合足らずだ」

充分、井田の適量を超えている。

四十郎は、おかみに冷たい水を持ってこさせた。それを飲ませると、どんよりした表情がいくらかしゃっきりした。

「ところで、なにか、次の仕事が入ったそうだな」

「ああ、今度のは簡単な仕事だ。そのかわり、礼金も一両と安いのだがな」

「ふむ。それは今までいちばん安いな。それで、なにが出るのだ？」

「なあに、夜になると、誰もいないところでゆらゆらと火が揺れるだけだ。怖くもなんともない」

「それって狐火じゃないのか」

四十郎は目いっぱい顔をしかめた。

「なんだ、ずいぶん嫌そうだな」

「王子《おうじ》でなければいいさ」

「いや、狐ときたら王子に決まっておるだろうが」

「うえっ、本当かよ」

四十郎には王子の狐について嫌な思い出がある。

子どものとき、道場の仲間たちと肝試しをした。仲間の一人が、駒込《こまごめ》に親戚《しんせき》の大きな家があるというので、そこに泊まりこみ、夜中に王子に向かったのだ。

そこで本当に狐火と狐が出たのである。

はじめに飛鳥山《あすかやま》の上のこんもりした林の中に小さな狐火が出た。赤い小さな火だが、ふつうの火とは色がちょっと違うように見えた。

「ほんとに狐火かぁ」

何人かがもっとよく見ようと言って、近づいたそのときだった。横から凄《すご》い勢いで狐があらわれ、四十郎のすぐ前を走った。その姿をはっきり見た。細く尖《とが》った鼻。金色の毛並み。そして、柔らかいほうきのような巨大な尾。それまで狸はともかく、狐などはあまり見たことはなかった。せいぜい絵草子《えぞうし》やお稲荷《いなり》さまの石像くらいである。それでもこの狐は、異形《いぎょう》の狐だと一目でわかった。

四十郎はその異様な生き物を見た途端、腰をぬかしていた。それどころではない。失禁までしてしまった。

肝試しはここで中止となり、四十郎も濡《ぬ》れた袴《はかま》を悟られないよう気を配りながら、うちひしがれて帰路についたものだった。

それからしばらくのあいだ、月村は剣の腕は立つが、度胸のほうはからきしだというのが、仲間たちの通説になってしまった。もっとも、そういうことを言うやつは、稽古《けいこ》のときに嫌というほど打ちのめしてやったのだが。

あのときの恐ろしさを思い出すと、もう駄目である。今度ばかりは断ることにした。恐怖心がこれまでとは違うのだ。

「悪いが、井田、今度ばかりは」

「まあ、今回は礼金が安くてすまぬが、狐の一匹も斬ればすむことだ。次はもっと実入りのいい仕事を持ってくるから」

「金のことはいいのだが……」

「おかみ、もう一本持ってきてくれ」

井田はこっちの話を聞こうともしない。また、どんよりした顔にもどって、

「狐火というのはあるが、狸火というのはないな。なあ、おかみ」

と、くだらぬ冗談まで言っている。

「あら、やあね」

おかみは忙しくて、ろくに相手もしない。井田はふてくされた顔で、

「ちぇっ。なにが、やあねだ。おい、月村、知っておるか。あのおかみはけっこうあくどいらしいぞ」

と小声で言った。

「あの女は、陰では高利貸しをして儲けているのだ」

「どういうことだ」

「ほう」

とは言ったが、内心ドキリとした。じつは、四十郎もその一人である。去年の夏、急に物入りなときがあって、おかみから五両借りた。そのうち、三両は返したが、まだ二両残っている。この前、ここに来たときも、「そろそろ一両ほど、入れてくださいな」と頼まれた。

ここの借金を思い出したら、ほかの借金のことまで考えてしまう。お絹が壊した三味線の五十両。お静の薬代。良太郎にも長崎遊学に出発するときは、せめて二十両くらいは持たせてやりたい。

「では、月村。先方には明日、行くことにするぞ」

「わかった。今度ばかりはやりたくなかったが、やるしかあるまい」

一両でも、あるのとないのとでは大違いである。

酔っ払って、井田と肩を組むようにして外に出ると、例のからすが二羽、柿の木の上にとまっている。まだ、ねぐらにもどらないらしい。

「ちぇっ、早く帰りやがれ」

小さな声でつぶやくと、からすたちは四十郎を見たまま、いかにもあざ笑うよう

な声で、

「アホウ」

「アホウ」

と、二羽で交互に鳴いた。

二

二月も下旬になってだいぶ春めいてきた。縁側に陽だまりができていて、四十郎は足を投げ出すように腰をおろしている。お静も布団の上にすわり、のんびりした顔で繕いものをしている。

縁側の前は庭と言えるほど広くはなく、同じような長屋の裏手と向き合っている。あいだにいちおう、うこぎの生垣はあるが、葉はすかすかで、ほとんど丸見えである。もちろん音などは筒抜けである。

その向かいの住人は三十前後ほどの夫婦で、どちらも通いのお店者《たなもの》らしく、昼はほとんど家にはいない。そのかわり、この家で飼われている猫が始終、生垣のこちらまでやってきていた。まだ、生まれて三月ほどの小さなトラ猫である。生垣の隙間から顔を出して、こちらを見ている。四十郎と目が合うと、ひょいと小首をかしげるようにした。

「のんびりしたものだな」

と、あくびをしながら言った。

「そうですね。そういえば、日中、こうして家にいるのもめずらしいですね」

「そういえば、そうだ」

今日は、夕方に王子まで行かなければならない。それまでは、家でくつろぐことにした。

たいがい、いまごろは井田道場で教えているか、化け物退治や用心棒の仕事で駆けずりまわっている。休んでいる暇もないし、いつも何かにせかされている気がして、休む気にもなれない。

「桜が咲いたら、見に行くか」

「まあ、嬉《うれ》しい」

「ここらはやはり大川端かな」

「そんなところまで行かなくても、万年橋のたもとに、桜の木が五本ほど並んでいますよ。あの桜はきれいです」

万年橋のたもとといえば、例の易者のところではないか。

「ああ、あそこか。もう少し、いいところもあるだろう。探しておくことにしよう」

　お静といっしょのときに、余計なことを言われたりしたら、たまったものではない。

「そうだ、思い出した」

　四十郎は立ち上がった。気になっている例の物をもう一度、見てみることにした。竹中とともに敵を撃退してから、攻撃してくることはなくなっている。ここにはないと諦《あきら》めてくれていたらいいが、また疑いをかけてくるかどうかはわからない。

「これがそれほど大変なものなのかなあ」

　金になるものならどこかに売り払ってしまうのだが、どう見ても落書きのたぐいである。

　国の名を列記したようなものが幾枚かあり、どこかの本を写し書きしたような紙も、十数枚ほどあった。それから、西洋の文物を模写したような絵が数枚あり、わきにはおそらく蘭語《らんご》と思われるわけのわからぬ文字が書かれてある。その文字はそこだけでなく、落書きのどれにもところどころに書き込まれていた。

「やはり、このせいなのか」

　四十郎は首をひねった。

　このところ、蘭学の締めつけが厳しくなっている。とくに南町奉行の鳥居《とりい》耀蔵《ようぞう》の取り締まりが苛烈《かれつ》なくらいだという。鳥居は町奉行の前は目付をしていたが、そのころからしつこくてうるさい男だという評判だった。歳はたしか、四十郎と同じくらいのはずである。

——そういえば。

死んだ淡島が、目付の鳥居と机を並べたことがあるなどと言っていたような気がする。まさか、淡島が旧友の鳥居にちらりと蘭学の勉強をしていると告白してしまったため、付け狙われる羽目に陥ったのではないか。ありうるかもしれない。あの、ひきがえるは、かなり上の者が背後にいると言っていたではないか。

だが、それが命を狙われるほどのものなのだろうか。もしかしたら、内容によってはあるのかもしれない。

良太郎に訊《き》いてみようかと思った。当然、蘭語の勉強もしているはずである。だが、危ない目に引き入れることになるかもしれない。良太郎は子どものころから、剣術のほうはからきし駄目だった。

「お静、これが何かわかるか」

四十郎は蘭語が並ぶあたりを示した。

「蘭語でございましょう」

「ほう。だが、読めはすまい」

「ええと……これはたしか、書物という意味、こちらは地図という意味でした」

なんと、いくつかの意味を解するではないか。

「お前、蘭語まで読めるのか」

いつも書物に対して苦々しい思いをしていた四十郎が、はじめてお静の書物好きに驚異と尊敬の念を持った。

「ほんの少しだけですよ」

と、お静のほうは得意顔をするでもない。

「いや、少しだけでも凄《すご》い」

「調べながら読んでいけば、だいたいのことはわかるかもしれません。やってみましょうか」

この書付のせいで、幾度か斬り合いをして、お静も会っているひきがえるはかろうじて倒した。そんなことは、もちろん言っていないが、勘のいい女だから、いろいろと面倒ごとが起きていることは当然、察知しているはずだ。

「ぜひ、やってみてくれ。だが、調べているときに、連中が来たらどうしようか？」

ここも知られているし、ちょうどこれを広げているときに入ってこられたらごまかしようもない。

「そうですね。咳《せき》をして、労咳《ろうがい》がうつりますよと脅します」

「そんなことで逃げてくれたら楽なものだな。まあ、そんなときに来られるようでは、そなたもわしも、よほど運がないのだろう」

と四十郎は笑った。

三

「こ、これが……」

と呻《うめ》いたきり、四十郎は声も出ない。

後ろのほうから来た句会の連中は、

「おう、今宵《こよい》も出てるねえ」

などと、暢気《のんき》そうな声をあげた。もう何度も出ているので、恐怖心も薄れてしまったらしい。

王子を流れる音無《おとなし》川のたもとである。句会の一行は豊島《としま》の渡しあたりで句作にふけり、宗匠の店がある王子にもどってきた。四十郎はここで、一行がもどるのを待つことになっていた。

時刻はほぼ予定どおりの、暮れ六つ（午後六時）ごろ。ここから半町ほど離れた飛鳥山のふもとのあたりに出ていた。

一、二、三、四、五……六つ、ずらりと並んでいる。子どものときに見たのは、ひとつだけだった。それでも怖かったのに、それが六つも並んでいるのだ。

それだけではない。この狐火は青かった。

火というのは、赤いものと相場が決まっている。それが青いとは何事だという気になる。川や海が赤い色をしていたら、どれほど気色が悪いだろう。それと同じことである。

「どうですか、気味が悪いですか」

と、この仕事を依頼してきた笹井《ささい》円蔵《えんぞう》という男が言った。老舗《しにせ》の料亭のあるじをしながら、俳諧《はいかい》の宗匠をしているという。

「そりゃあ、気持ちのいいものではない」

「なあに見慣れますがね」

と、たいして怖がっているようにも見えない。宗匠だけでなく、句会に出てきた者も、さほど怖がっているふうではない。

むしろ、四十郎がいちばん怖そうにしている。

「最初に出たのはいつ？」

何か訊いていないと逃げ出してしまいそうだった。

「去年の秋ごろでした。そのときは、大変でしたよ。腰を抜かす者もいれば、怖がって句会に出て来なくなった者もいました。いまは、とくに被害もないとわかったので、あまり騒がなくなりましたが」

「では、よろしいではないか。出るにまかせておけば」

「ところがそうはいかないのです。どうでしょう。くわしい話はわたしの店で」

「そうひょうふぁ」

平気をよそおっても、歯の根が合わなくなっていた。


「わざわざこんな田舎まで来ていただきまして」

宗匠の料亭は、〈笹たまご〉という屋号だった。「扇屋《おうぎや》さんあたりと比べたら、ニワトリ小屋のようなもの」と王子で有名な料亭を持ち出して謙遜《けんそん》したが、なかなかどうして立派な料亭である。二階建てになっていて、一階には二十畳敷きほどの大広間が三つほどはあるらしい。二階は小さく区切られていて、いったいいくつの座敷があるのかわからない。ほうぼうから騒ぎ声や三味線の音色が聞こえていて、桜にはまだ早いのにたいそうな繁盛ぶりだった。

宗匠と二人だけで、別の部屋に入った。

句会の仲間たちは大広間のほうに入り、飲みながら、互いの句の感想などを言い合っているらしい。句作を楽しもうという連中なら、宴会も長屋の花見のような乱れた騒ぎにはならないだろうと思いきや、「出来不出来の嫉妬《しっと》がからんだりするので、かえってたちが悪い」と宗匠は言った。

「さて、さっきもご覧になった狐火ですがな」

「ええ」

「王子界隈《かいわい》なら、いつ、どこにでも出るというならよいのです。ところが、他では出ないらしい。わたしのところの句会のときだけで、それが困ります」

「たしかに。だが、妙な話ですな。こちらの句会のときだけ出るというのも。俳諧が好きな狐なんですかな」

四十郎が冗談ともつかぬことを言うと、宗匠はにこりともせず、次の言葉をつづけた。

「もしも、お狐さまになにか要求がおありなら、それはかなえてあげたい」

「あぶらげは？」

「それはもちろん、王子稲荷《いなり》に商売物の上等なやつを毎朝、置いてますとも」

贅沢《ぜいたく》な狐である。

「だが、たいして悪さもしないなら、あのまま出させてやったらどうですか」

と四十郎は商売っ気を捨てて言った。

「いついつでやめにしてくれるとわかっていれば、そうしてもよいのですが」

「なにか困ったことが？」

「今日の題は桜の蕾《つぼみ》と菜の花だったのですが、これをご覧ください」

宗匠は持っていた短冊の束から、何枚かを引っ張り出した。

狐火に忠信《ただのぶ》もみる蕾かな
三分咲きあとは狐に助けられ
菜の花の影狐火に照らされり

「どれもこれも、狐だのお化けの句になってしまいます」

「たしかにそうですな」

「句会の主催者としては、これがまことに困ったことでして」

これが人間のしわざだとしたら、宗匠や句会の邪魔をするのが目的なのか。それにしてはやることが突飛である。では、いまではほとんど怖がられていない狐火を見せることになんの意味があるのか。

「句会というのは昼もやるのでしょう？」

「もちろん。たいがいは昼やります」

「だが、狐火は夜になってから出ると」

「昼間の句会でも早く終わったときは、出てきませんな。だが、わたしらの句会は、その後、一杯飲みながら、ああでもないこうでもないとやるのが楽しみでしてね」

「それはそうでしょうな」

と四十郎は大きくうなずいた。俳諧をつくるのが楽しいだなんて、想像もできないが、酒が付くとなればつまらぬことも楽しくなるというものである。

「句作を終えて、ここらにもどってくると、ちょうど日も暮れるころで」

「狐火も出ごろというわけだ」

だが、句会をやるたびに、必ず出るというのでもないらしい。

「今日を入れて、いままで七回ほどになります」

「七回か……。ところで、この会のお仲間は何人くらいおられるのかな」

「ええ、五十人ほどおります」

「そんなに……」

物好きな人間がそんなにいるのかと言いたかったが、咄嗟《とっさ》にこらえた。

「だが、名前だけで滅多に出てこない会員も少なくありませんでね」

「そのすべてに出ている人はいますか」

と四十郎が訊《き》くと、宗匠はにやりとした。

「さすがに月村さま。凄腕《すごうで》の化け物退治というのは、本当でしたな」

「世辞はいいよ」

「いえ、じつはわたしも気になりましてね。調べてみました」

「ほう」

なかなか気がまわる男である。こういう穏やかな顔をした人物に限って、あまり人を信用していなかったりするのだ。

「意外に少なかったです。二人だけです」

「宗匠も入れてかな」

「わたしも入れますか」

「なにがあるかわからないんでね」

宗匠自身が人騒がせでやっていることだってあるかもしれない。

「なるほど。それなら三人になります」

と宗匠は苦笑した。

「その二人は今日も？」

「はい。来ています」

四十郎が立ち上がろうとすると、

「月村さま。ここではちょっと。明日にでも」

と止められた。

「では、明日の朝、訪ねてみることにしよう」

できるものなら、あれはわたしがやったものだと、かんたんに白状してもらいたい。こういう嫌な仕事に手間がかかるのはご免である。

「今宵《こよい》は当家にでもお泊まりになられて」

「それはありがたい」

とても夜道を一人で帰る気にはなれない。

四

翌朝――。

最初に訪ねたのは、駒込の上富士前町《かみふじまえちょう》にある金魚屋の金兵衛《きんべえ》だった。

宗匠からは、「ちょっと変わったお人」と聞いていたが、店先にいる姿を見て、ちょっとどころか一目でたいそう変わっている人とわかった。

金魚のような恐ろしく派手な赤い半纏《はんてん》を着ている。それで店の前を通る人に、

「ひょおい、ひょおい、金魚の宙返り」

などと、妙なことを言ってはにやにや笑っている。

店自体は、かなり繁盛しているらしく、天秤棒《てんびんぼう》をかついだ金魚売りが、四十郎が見ているあいだにも三人ほど出ていった。いちおう、「今日はどっちだい」「へえ、飯田町《いいだまち》界隈で」「しっかりまわれよ」などというやりとりはしているようだ。

だが、直接、話しかける気にはなれず、向かいの豆腐屋の前で、店番をしていた婆さんに声をかけた。

「あの、前にいる金魚屋のおやじだがな」

「ああ、金金《きんきん》かい」

「金金というのか」

「金魚屋金兵衛だからな」

「ちょっと変わっているそうだな」

「変わってるというか、金魚が大好きなんだろうな。嫁ももらわず、夜になると、裏の大きな金魚の生簀《いけす》に入って、金魚ちゃんたちといいことするらしいよ。ひゃっ、ひゃっ、ひゃっ」

婆さんはいやらしい目つきで笑った。

なるほど、金魚に魅入られた男らしい。そう言えば、俳諧《はいかい》のほうも、金魚のようにかわいらしい句をつくりたいと言っているそうだ。

「他に変わったところはないかい。夜中に青い火をともすとか、狐をつかまえてくるとか」

「狐？　狐はあまり関係ねえだろう。あれは、猫だよ、猫」

「猫も好きなのか」

「とんでもねえ。金魚を食われる仕返しに、ときどき猫を殺しているんだよ。かわいそうによぉ」

どうも、町人の変人というのは、武士の変人よりも性質《たち》がよくない気がするのは偏見だろうか。武士の変人はある程度のところで歯止めが利くが、町人の変人というのはとめどがない感じがする。

もっとも、だから町人のほうが面白いと言えなくもない。

気味が悪いが、直接、声をかけてみることにした。

「ちと、訊きたいのだが」

「金魚のことなら何でも訊いとくれ」

「悪いが、金魚のことではない。狐火のことでな」

「ああ、あんたさんは昨夜《ゆうべ》来ていたお武家だね。狐火退治でも頼まれたかい？」

話が早い。変わってはいるが、馬鹿ではないようだ。

「そういうことだが、なんで出るのかわからなければ退治のしようがない」

「そりゃそうだな。でも、あれはほんとの狐火かね。おれは本物を見たことがあるけど、もっとぼやっとしたやつだったぜ」

「そうなのか」

「おれが見たやつはね。あんな青くもなかったしな。おれが思うには、そうだなあ、誰かが合図をしてるんじゃねえのかな」

「合図？」

「そう。句会にいる誰かに女がいるんですよ。亭主持ちの女だね。それで、逢《あ》いに来てというときは、あの狐火を並べるんでさあ。ときどき数が違うのは、四つに来てくれとか、九つに来てくれって、時刻を示してるんじゃねえのかなあ」

「ほう」

と四十郎は感心した。なかなかどうして、変人どころか、岡っ引きにさせたいくらいである。

ただ、宗匠に聞いていたが、数はたいがい五つか六つで、それが時刻の合図ならそのころはまだ宴会をやっている。見方は面白いが、やはり違うのではないか。

「まあ、よく考えてみるよ。邪魔したな」

金兵衛はたぶん、狐火とは関係ないような気がする。

「旦那《だんな》。化け物退治なんて気味が悪い仕事をやるんだったら、猫退治をしてもらえませんか？」

「猫退治だと」

「そう。金魚を狙ってどうしようもねえ。猫五十四につき、一分出しますぜ」

言った途端、金兵衛の目つきが険しくなっていた。猫への憎しみがこみあげてきたらしい。

「やめておこう。その仕事のほうがよほど化け物に祟《たた》られそうだからな」

急いで店を離れた。

次に訪ねたのは、金魚屋からさらに本郷《ほんごう》のほうへ行った富士前町にある骨董屋《こっとうや》の〈千手堂《せんじゅ》〉のあるじの増蔵《ますぞう》だった。

「ご免」

と、さりげなくのれんをくぐった。

宗匠からは、「かなりいいものを扱う店で、上客をつかまえているはず」と聞いていた。店の間口はそう広くないが、奥行きがありそうである。店先の手前にはがらくたのようなものも多く積み上げられているが、店の奥の座敷にあるじがおり、その背後にはなにやら奥ゆかしそうな品々が置かれている。箱に入って、中になにがあるのかわからないものも多い。

四十郎は正直、骨董のよさが皆目、わからない。新しいほうがきれいで気持ちがよいのに、なんでわざわざ古びたものを珍重するのか。加えて、見る目がまったくない。

だから、いままで足を踏み入れたことすらなかったが、入ってすぐに骨董屋には独特の雰囲気があることは感じた。

いい匂いがすると思ったら、香が炷《た》かれていた。その香の匂いは、置かれた古い品物の一つひとつにこびりついたり、染み込んだりしているのだろう。

あるじがかすかに笑みを浮かべて、四十郎を見ていた。押しつけがましくない、自然な笑みである。

「ちょいと狐火について訊《き》きたいのだが」

「ああ、昨夜、いらしてましたな」

「宗匠から退治してくれと言われたが、出る理由もわからなくては退治のしようもないのでな」

「それはそうでしょう。わたしも最初はびっくりしました。だが、別に悪さをするわけじゃないし、かわいく見えてくるから不思議です」

「かわいいかい」

「ええ。最近は夢にまで見ますが、とくに怖いことはなくなりました」

それは、ほかの俳諧仲間も同じらしい。

「勘太《かんた》、お茶をお出しして」

と、あるじは奥に声をかけた。

「いや、お構いなく」

いちおう遠慮したが、昨夜は酒まで出してもらったので、喉《のど》もかわいていた。

「どうぞ」

と茶を持ってきてくれたのは、小僧にしては身なりがいい。

「伜《せがれ》で、見習いをさせています」

「それは結構ですな」
十二、三といったところか。おやじに顔は似ているが、どこかおどおどしたようなところがある。
そこへ客が入ってきて、

「狸のいい置物はないかね」

と声をかけた。

「ございますよ。勘太、お見せして」

「はい」

返事をして、伜は客を店先の一画に連れていった。がらくたの山のようなところから、狸の置物を三体ほど取り出し、それを並べて見せた。狸の置物を見ると、

〈こだぬき〉の借金を思い出してしまう。

「あれは骨董が好きでして」

と、あるじは倅を見ながら言った。

「よいではないか」

「さて、どうですか」

困ったような顔をした。手放しで自慢できる倅というほどではないらしい。

「跡継ぎにするのだろうが」

「わたしは商いのために骨董を学びました。だが、倅は骨董にどっぷりはまってしまいましてね。どうも、あの世界に耽溺《たんでき》するような人間は、おかしなところがあります」

「骨董屋が言うかね」

と四十郎は苦笑した。

それから店の中をぐるりと眺めて、おもむろに訊いた。

「売り物はこれだけかな」

「いえ、一口に骨董といってもさまざまでして、なあに店に並べておくのなど、ろくなものではありません。本当にいいものは、目利きのお客さまだけに見せるので、それらは皆、蔵に大事にしまっておくのです」

「ちと、見せていただくわけにはいかぬかな」

「それはお武家さまの頼みですか、それとも宗匠の？」

「わしは宗匠の依頼で動いておる」

「それなら断ることはできませんなあ。俳諧《はいかい》の師匠であると同時に、手前どものお得意さまでもありますから」

と、立ち上がった。

「それに、お武家さまにお目にかけても、ほかの骨董屋であれがあったとか告げることもなさそうですし」

それは、教えたくても、なにがなにやらわからないから、教えようがないという意味なのだろう。

蔵は店のいちばん奥にあった。家の奥がそのまま蔵とつながっているのだ。

「さあ、どうぞ」

鍵《かぎ》を開け、四十郎を中に招き入れた。

蔵の中は意外に明るい。窓は小さいが陽差しが入り込んできているし、しかも、蔵の一画が壁ではなく鉄格子になっていて、そこは母屋の一部屋と隣り合わせになっているからだった。

「鉄格子の向こうはわたしの寝間になっていまして」

「なるほど。泥棒が入ってもすぐに気づくわけか」

「そういうことです」

四十郎はきょろきょろあたりを見回す。たいがいは木箱に納まっていて、開けなければわからない。すべて見るひまもなければ、そこまでする意味もない。

「狐の剝製《はくせい》とか、置物とかはござらぬか」

「はっはっは、あいにくそうしたものはありませぬな」

「だろうな。いや、訊いてみただけだ。気を悪くなさらぬよう」

「とんでもない。わたしもあの狐火のことは知りたいですから」

蔵はこれくらいにして、また店のほうへもどった。途中、女房に挨拶《あいさつ》されたが、おとなしそうな女で、病弱だとのことだった。

「じつは、ここに来る前に、金魚屋に寄ってきた」

「はい。金兵衛さんですな」

「これまで狐火が出たとき、必ず句会に出ていたのが、金魚屋とそなただけだった」

「そうでしたか……」

骨董屋のあるじはすこし暗い顔になった。

「金魚屋は逢引《あいびき》の合図ではないかと言っておったが、そなたはなにか見当がつかぬか」

「はあ……」

と考えこみながら、あるじの目は店先にいる倅を見ていた。

さっきの狸の置物の客はひやかしだったらしい。いまは誰もおらず、倅は店先の品物をひとつずつ取っては、布切れで磨いている。

「外出するときは句会に出るときくらいかね」

ぼんやりした顔になったあるじに訊いた。

「え、ああ、さようでございます」

「そのとき店はどうしておられる？」

「閉めてしまいます。倅や女房にはまかせられませんので」

「行く先くらいは倅にも告げますな？」

「それくらいは。そう言えば、倅も必ず、今日は句会かと訊いてきます」

また、あるじの顔が暗くなった。

——倅についてなにか心配ごとがあるのではないか。

四十郎は倅のようすをしばらく眺め、立ち去ることにした。その去り際に、倅にも聞こえるような声で、

「狐火はやはり、人がやっていることではないかな。これで本物の狐でも出てきた

ら別だが……」

と言った。これに食いついてくれたら、しめたものだと思った。

五

王子稲荷の北に、装束榎《そうぞくえのき》と呼ばれている榎の大木があった。

王子稲荷というのは、関東のお稲荷さまの元締めなので、正月には狐たちがここに初詣《はつもうで》にやってくる。そのとき、この榎の木の下で装束を改めるのだという。だから、正月はとくにここらで狐火が出るといわれる。

だが、いまは正月ではない。

それどころか、飛鳥山の桜がまもなく開花を迎えるというころである。

句会の一行は、飛鳥山から谷を越え、音無川にかかった橋を渡って、丘の上を歩いていた。そのいちばん最後を、四十郎はつまらなそうについてきていた。

装束榎は丘の下、はるか向こうに筑波山《つくばさん》が見える方角である。今日の句会は、このあたりをぐるぐる歩き回って、遠景を詠むというのが狙いだった。

金魚屋の金兵衛もいれば、骨董屋《こっとうや》〈千手堂〉のあるじもいる。四十郎はほとんど、骨董屋がからんでいると見ているが、金魚屋金兵衛にしたって完全に疑いが晴れたわけではないのだ。

下り坂の手前に桜並木があった。飛鳥山から株分けしたのが育ったのか。どれも立派な枝ぶりである。蕾《つぼみ》もかなりふくらんできていて、あと数日経てば、咲きはじめるにちがいない。

この桜並木から見下ろす光景を眺めながら、苦吟している人たちも大勢いた。

四十郎もただついて歩くのも退屈なので、俳諧の一句でもひねろうかと試みた。

春霞《はるがすみ》嚙みしめ過ぎしそばの味
菜畑やかわゆき河童《かっぱ》の川流れ
春の宵足と頭に犬と猫
春の道暮れ六つに泣くわらじあり

なんだかいくらでもできそうに思えてきたが、どうも景色や俳諧を愚弄《ぐろう》していると叱られるような気もする。

ただし、いつの間にか陽が落ちかけ、あたりはすっかり薄暗くなっていたところを見ると、それなりに苦吟していたらしい。

――考えれば腹も減るし。

そう思ったときである。四十郎たちがいた桜並木の奥のほうはすっかり暗くなっていたが、その暗がりから突然、狐が走ってきたのである。

近くにいた女流の俳人が、

「ぎゃあっ」

と凄《すさ》まじい悲鳴をあげた。

らんらんと光る目。尖《とが》った口は、不気味なくらい、なめらかな肌合いに見える。顎《あご》のあたりから、頭の後ろにはたてがみのような毛もはえている。かすかな唸《うな》り声をあげているのも聞いた気がする。

四十郎は、狐が足元を駆け過ぎるところまでは覚えている。

「ひえーっ」

と四十郎は、背中にびっしょり汗をかいて気絶した。だが、けなげにも気絶するまぎわ、刀を抜いて、斬りかかろうとしていたという。

六

狐が出たその翌日の夕刻——。

四十郎は駒込の骨董屋〈千手堂〉へと急いでいた。

下手人の見当はついている。

四十郎を縛っていた恐怖が解け、さらに下手人を特定できたのは、井田清蔵のおかげである。今朝、井田道場に行ったとき、つい愚痴をこぼした。

「どうも、今度ばかりはガキのころの恐怖がよみがえって駄目みたいだ」

「ガキの恐怖だと？」

「おぬしはまだ、入門していなかったかな。十二、三のころの夏だったかに道場の悪童連中と、駒込の岩井《いわい》の親戚《しんせき》の家に泊まりこんだことがあったのよ」

「ああ、あったな。そういえば」

「あれ、おぬしもいたか」

「ああ、あのときの狐火か。はっはっは、月村、あれで怯《おび》えていたのか」

「なぜ、笑う」

「あれは、騙《だま》されたのさ」

「なんだと」

「あのときの狐火はおかしな色をしていただろう。あれは、紅いギヤマンの壺《つぼ》の中で火をともしていたからなのだ」

「そうか……」

だから、ふつうの火とはちがうものに感じたのだ。

「では、狐はどうしたんだ？」

「狐なんかじゃあるもんか。あれは……」

なんのことはない。犬に狐の口のような張りぼてをくくりつけ、尻尾《しっぽ》に糸を束ねた房を縛りつけただけだった。知らないのは四十郎と数人だけで、ふだん剣術の腕で威張っているやつらに、一泡吹かせようと企てたものだったという。

夕べの狐もそれとまるで同じ手口だったにちがいない。犬を狐に化けさせるというのは、四十郎は知らなかったが、悪童たちがよくやる悪戯《いたずら》の類《たぐい》だったそうだ。

――まったく、あんなものはすぐに見破ってもおかしくはないのに、なまじ恐怖の体験があったため、あんなみっともないことになってしまった……。

四十郎は、〈千手堂〉に着くとすぐに、あるじの増蔵に、

「狐火はおそらく伜《せがれ》がしていることでは」

と言った。当の勘太はいま、お得意さまの家に注文の品を届けに行ったという。

「なぜ、そう思われます？」

「狐を出すように誘いをかけてみたのは、勘太に対してだけだった。それで、狐が出たのだから、伜のしわざとなるだろう。おそらく、あれこれかぎまわっているわしが鬱陶《うっとう》しくて、嚇《おど》かしてやろうと思ったのだろうな」

「やはり、そうですか」

と、増蔵はうなずいた。疑わしいふしがあったのだろう。

「だが、なぜ、あんなことをしなければならないのかが」

と、四十郎は困った顔をした。単なる悪戯にしては、手がこんでいるし、しつこい気がする。

「わたしもそれが不思議です。ただ、あの狐火を見て、おやと思ったことはあります。ちょっとこちらに」

あるじはそう言って、四十郎を奥へいざなった。蔵の鍵《かぎ》を開け、すっかり暗くなった中に足を踏み入れると、持ってきた手燭《てしょく》で火をともした。

「こ、これは……」

四十郎は息を呑《の》んだ。狐火と同じ色の炎が目の前で燃えている。

「青いギヤマンの瓶に油を入れているので、こういう色の火になります。この瓶はほかにいくらもあり、勘太はそれを持ち出したのでしょう」

「やはり、そうか」

「だが、これをなぜ、飛鳥山あたりでしなければならないのか」

「それは、夜になるとわかるかもしれません」

四十郎はその理由は知らないまま、これで一件落着にしたい気がした。

深夜、蔵の中に倅がそっと入ってきた。おやじの寝息を窺《うかが》っている。それから、ギヤマンの灯《あか》りに火を入れてゆく。三つほど並べたので、だいぶ明るくなった。

それから倅は棚に手を伸ばし、丸めた掛け軸を取って、静かに机の上に広げた。まるで拝むように真剣に、広げたものに見入っている。

「あれは……？」

隣の寝間で隠れていた四十郎が小声で訊《き》いた。

あるじは答えずに、

「そういうことか」

とつぶやいた。

「何なのですか」

「盛りがついたのですよ」

とめようとしたが、間にあわなかった。

「この馬鹿者」

いきなり怒鳴りつけた。驚いた倅は、あわてて逃げようとする。下半身が丸出しになっており、顔に似合わず成長しきったイチモツもちらりと見えた。

「おとっつぁん、ごめんなさい」

「この馬鹿者、そこに座れ」

「はい、すみません」

伜は、おやじの秘蔵品がある蔵に入りこみ、ここで絵を眺めていたのだ。その絵を見た四十郎は、一目で圧倒された。

「これは凄《すご》い……」

「北斎《ほくさい》直筆のあぶな絵ですから」

息を呑むほどの迫力に満ちた、美女の全裸だった。もちろん、あらぬところまではっきりと描かれている。

盛りがついたばかりの十三歳の息子は、吉原はまだ早いといわれ、なんとかこの絵を拝みたいと思った。

だが、この絵とほか数点の骨董《こっとう》は、おやじがつねに手元に置いているので、なかなかのぞくことができない。蔵から持ち出せば持ち出したで、母親に見つかるかもしれないし、だいいち、うっかり破損でもしたら大変である。やはり、ここで盗み見するのがいいのだが、ここに火を入れると、青い火が並ぶようになり、おとっつぁんに気づかれてしまう。

「そう言えば、以前も、一度、こっそり忍びこんできたことがありましたっけ」

「そのときも叱ったのですか？」

「そりゃあそうです。これにはまだ早い」

「早くはないでしょう」

四十郎など七、八歳くらいからそっちに興味があったような気がする。

叱りつけられて、さぞや深い傷になって残っただろう。四十郎は倅の勘太をかわいそうに思った。

「ははあ。この青い火がともると、わたしが目を覚ます。そこで、狐火で青い火に慣れさせておき、夜中に青い火がともっても目を覚まさないようにしたのですかな」

「いや、子どもの知恵です。狐がやって来たのだと思わせ、気がついても近寄って来ないことを期待したのですよ」

四十郎とあるじが、倅の気持ちを推し量っているあいだ、倅は眠たそうにしている。罪の意識を持つほどのことではないにしても、騒がせて申し訳ないという気持ちくらいはあってもいい。

だが、十三の男子などこれくらいのものではないか。

「早々に吉原につれていったほうがいいかもしれませんよ」

と四十郎は忠告した。

「さっそく、そうしましょう」

あるじもうなずいた。だが、この歳で北斎のあぶな絵に魅せられて、こんな面倒な仕掛けをするようでは、まともな吉原の遊びくらいで、ちょっと変わった性癖は直らないかもしれなかった。

七

真夜中近くなって長屋にもどると、家の中に敵がいた。あの美男である。

「やはり、そなたのところだったようだな」

美男はすでに書付を手にしていた。

「そなたの家の明かりがいつまでも消えない。おかしいと思って踏み込んでみたら、案の定だった」

踏み込むなどという言葉をつかうとは、この男は探索方の仕事をしている者なのかとちらりと思った。

「わたしは運がないようです。ちょうど広げているところでした」

お静は責任も感じているらしく、がっくりと肩を落としていた。

「それは渡すわけにはいかんな。淡島とも約束したことだし」

と、四十郎は笑顔を見せて言った。おだやかにすむはずがなくても、いま、ここでことを荒立てたくはない。

「そのほう、わかっておらぬようだな。預かったばかりならともかく、こうして内儀にまで見せていたら、どういうことになるか」

と、美男は無表情のまま言った。

「ここでは、存分にやれぬ。まずは場所を移そう」

なんとか、人けのないところに連れ出したい。

「そうしたいが、そうもいくまい。こちらの内儀が逃げてしまうのでな」

やはり、自分ともども、お静までも始末するつもりなのだ。この書付はどれほどのものなのか。このようなときになっても、好奇心がかきたてられた。

「では、妻もいっしょにつれてゆく。わしが負けたら、次に妻を始末してから立ち去るがいい」

そう言うと、美男は嬉《うれ》しそうな顔をした。人を斬るのが好きな男らしかった。

「よかろう」

美男は書付を懐に入れ、四十郎に背中を見せながら悠然と歩き出した。隙がないどころか、背中で誘いをかけていた。

こんな夜中である。人通りはまったく絶えており、どこでも立ち合うことができる。それでも美男は立ち止まらずに歩いた。

万年橋の近くに来た。桜の木が五本ほど並んでいる。昼間は占いの涼風堂《りょうふう》が店をひらくところだが、いまどきはいるはずもない。桜の開花は飛鳥山よりもいくらか早く、二分咲きほどになっていた。明日の夜あたりには人出も始まるだろう。

「ここでよい」

と美男は振り向いた。

「お静。桜でも見ておれ」

四十郎がそう言うと、お静はうなずいた。

満月だった。

しかも、雲もなく晴れわたり、地上に月の光が落ちていた。その月の光で、地面はそのものの力で光っているかのように、青く輝いていた。

美男は刀を抜くとすぐ、大きく踏み込んできた。なんのためらいもない。真剣の立ち合いに慣れているのだ。

「とあっ」

「ちぇい、ちぇい、ちぇい」

交錯した。

美男にふさわしい端正な剣だった。それはおそらく、一刀のもとに斬るというのを信条にしているからだと思われた。四十郎とは正反対である。

竹中が言っていた誘いがうまいというのもわかる。隙のようなかたちになる。だが、それは隙ではない。

向かい合う目の隅に、桜の花が見えている。江戸のいちばんいい季節のときに、こんなことをしているのは、どこか間違っている気がする。

ふたたび踏み込んできた。

「やっ」

「ちゃっ、ちゃっ、ちゃっ」

掛け声とともに交錯する。

――やはり、向こうが上だ。

と四十郎は思った。もう一度、交錯したときは斬られているかもしれない。

四十郎は隠れんぼでもするように、さっと桜の幹の陰にまわった。

「どうした、逃げるのか？」

美男はせせら笑いながら訊いた。

「逃げるか、ばあか。ちっと面がいいと思っていい気になるな。薄っぺらい男だ。女に振られたりして磨かれねえと、男は駄目なんだよ」

「なんだ、それは？」

「必死さが足りねえってんだよ。最初から恵まれた男は」

言いながら、これは明らかに嫉妬だと思った。どうも、いい男だの、優秀な男には、積年の恨みつらみがあるらしいのだ。

「必死さがな」

美男はまた笑った。

「かっつ、かっつ、かっつ」

妙な掛け声とともに、四十郎は大刀を木の陰から突き出す。ひきがえるを倒したときの戦法である。

だが、美男はこの刀を叩かない。

「そのほう、小太刀を遣うだろう」

「えっ」

「大刀は誘いだな。気は小刀のほうにあるぞ」

「ううっ」

お見通しである。

「木の陰から出すにはこうするか」

そう言って、美男はお静のほうに歩き出した。お静を先に斬ろうというのか。

「待て」

四十郎は飛び出した。同時に、

——これまでか。

とも思った。

そのとき——。

ふと、意外なものが相対する二人をかすめて過ぎた。その正体を、四十郎はすぐに察した。からすだった。まだ、ねぐらに戻っていなかったのか。

だが、美男にはわからなかった。まさか、このような夜中にからすがかすめて飛ぶなど、思いもしなかっただろう。

このおかげで隙ができた。

その隙をめがけて、四十郎は思い切って撃って出た。

「だぁっ」

美男の手首が血を流しながら飛んだ。

すかさず、もう一太刀ふるった。美男の身体がくるくるとまわった。懐から書付がこぼれ出た。

美男は数歩進んだと思ったら、小名木川に落ちていった。ここらはかなり深い。

水の怖さを思わせるドブンという音がした。

無意識のうちに息をとめていたのか、苦しくなって激しい呼吸を繰り返した。

息が落ち着くまで立ち尽くしていると、いつの間にかお静がそばに来ていた。

「勝ちましたね」

「ああ。だが、からすのおかげかもしれぬ」

「わたしも見ました」

上を見上げたが、どこにいるのかはよくわからない。こんな遅くなってから、ねぐらに帰っていったのだろうか。

「いつものからすでしたか」

「おそらくな」

しかも三羽ともそろっていた。

「この者にやられてしまったら、仇《かたき》が討てないとでも思ったのでしょうか」

と、お静はすこし笑いながら言った。そうかもしれなかった。

「帰るぞ」

と四十郎はお静をうながした。

「はい」

と答えたが、お静は桜の木の下で止まった。

「明日あたりはもう、いっきに咲くのでしょうね」

「そうだろうな。そして、あっという間に散ってしまうのだ」

と四十郎も言って、お静の隣で上を仰いだ。すぐ目の前に、咲き誇る枝があった。

「あなた、何か悩みごとでも抱えておいでですか」

と、お静が突然、訊《き》いた。

「えっ、なぜ、そのような」

四十郎は狼狽《ろうばい》した。

「とくに理由はありません。なんとなく、そう思っただけです」

「なにもない。心配するな……」

桜の花はこれから咲き誇るはずの勢いのようなものはあまり感じさせず、淡い月の光の中でひたすらはかなげに、かすかな風に揺れつづけていた。

第五章　妖怪坊主

一

墓場をからすがびっしりと埋め尽くしている。墓石の上や卒塔婆《そとば》の先、それから地面にいたるまで、真っ黒に見えるほどである。その黒い色は、震えるように絶え間なくうごめいている。しかも、からすは次から次へと増えつづけている。飛んでくるのではない。地面から湧いているのだ。

やはり、からすというのは、死人がよみがえったものだったか。と、四十郎は納得していた。その四十郎は、墓を見下ろす木の上にいる。隣には例の三羽のからすまでいるではないか。三羽のからすはいつもの敵意をむき出しにするでなく、仲間同士のように肩を寄せてきている。

——なんだよ、これじゃあわしもからすじゃないか。そうか、わしはもう死んでいたのかよ。

そう思ったら、急に激しい恐怖に襲われ、悲鳴をあげた。

「あっ、あっ、あああっ」

「おい、月村」

聞き慣れた声が呼んでいる。

「ん」

「起きろ。わしだ」

井田清蔵が四十郎を揺さぶっていた。

「おう、井田か」

「井田かじゃない。ここはわしの家だぞ」

「あ、そうだったな」

「大丈夫か。うなされていたぞ。ひとの家に勝手に上がりこんでうたたねするうち、夢でうなされるのも珍しいな」

「まったくだ」

「疲れているのではないのか」

そんなことはわかりきっているが、言ってもはじまらない。

「ところで、借金取りは見たか」

と四十郎は訊いた。

「ああ、驚いたな」

いつもの小料理屋〈こだぬき〉で待ち合わせていた。ところが、その〈こだぬき〉は店を閉じていて、借金取りが四、五人押しかけてきていたのである。そこで、井田に宛てて、「きさまの家で待つ」と貼り紙をしてきたのだった。

「なんでも、あのおかみはずいぶん金を貸していたが、それをはるかに上回る借金があったらしい」

「まあ、だいたいそうしたものだ」

四十郎は、あのおかみから借りた金はだいぶ払い終えていた。五両借りたのだが、利子も入れて四両分は返し、残りは一両ほどだった。こんなことになるなら、もっと滞っておけばよかったと、道々悔しい思いをしてきたのだった。

「それで仕事が入ったのか」

「ああ。商売繁盛だぞ」

四十郎の化け物退治が次第に知られてきて、依頼の数が増えているらしい。中には祈禱師《きとうし》と勘違いしているような依頼もあるため、井田のところで選別しているのだそうだ。

「だから、今度のは凄《すご》いぞ」

と井田は嬉《うれ》しそうに言った。

「何が凄い？」

「高輪《たかなわ》にある真正寺《しんしょうじ》という大きな寺でな」

「まさか、墓場にからすが出るのではなかろうな」

訊きながら四十郎は恐ろしさで目がかすんだ。

「なんだ、それは」

「さっき夢で見た光景だ。わしが死んでからすになっていた。からすじゃないのか。よかった……」

「お前、まだ、あんな易者の言ったことなんか信じてるのか。てっきり忘れてるのかと思ってたぞ」

「そうはいくか」

「死相どころか、このところ一段と元気ではないか」

「身体の調子はな。だが、人間にはいろんな死に方があるからな」

四十郎がそう言うと、井田は馬鹿馬鹿しいというように笑った。

「出るのは、身長十尺（約三メートル）もある大男だ。しかも、三つ目小僧ときている」

「なんだと。十尺もある三つ目小僧なんて、この世にいるのか。それじゃ小僧じゃなくて、大僧だろうが」

「だから、あの世のものなんだろうよ」

「誰が見たのだ」

「墓参りに来た檀家《だんか》の者が何人か見たそうだ」

「三つ目小僧ねえ」

四十郎はこれこそまるで怖くない。見世物の世界のことで、あの世とは関係なさそうである。大方、何かの仕掛けにちがいない。

「礼金はよいのか。この前はちと、安すぎたからな」

「もちろんだ。前金で二両。退治してくれたら、それに三両出す」

「いいだろう」

そろそろ良太郎の出発も近い。五両は喉《のど》から手が出るくらい欲しい。

さっき、夢のからすに怯《おび》えたことなどすっかり忘れて、立ち上がりながら言った。

「それにしても、寺に化け物が出ても、なんの不思議もなさそうだがな」

二

翌日、井田清蔵とともに、高輪の真正寺にやってきた。

門のわきに達筆な字で書かれた貼り紙があった。

「今日を満足して終えられぬ者は、一生、満足して終えることはできぬ」

とあり、最後に今日の日付があるところを見ると、毎日、取り替えられているのだろう。

「へえ、そうですか」

と、四十郎はつぶやいた。

立派な文句だと思う。とくに四十郎のように明日をも知れぬと思う身なれば、切実なものがある。今日一日を一生だと思って、精一杯生きる。じっさい、それしかないような気がする。その繰り返しのうちに、覚悟も諦念《ていねん》も生まれてくるのかもしれない。

だが、それは四十郎が必死の思いでしがみつくような言葉なのだ。こんな山門のわきに、きれいな文字でさらりと書かれてあると、なにか反感を覚えてしまう。

たいそう大きな寺である。末寺も五つ、六つほどあるという。

庭にいた僧侶《そうりょ》に声をかけると、住職のところまで案内してくれた。

境内を進むうちに子どもたちが論語を復唱する声が聞こえてきた。離れに大勢の子どもが集まっている。若い僧侶が書物を手に、座った子どもたちのあいだを歩いている。僧侶が読むと、子どもたちが真似る。

「寺子屋もなさっているのですか」

「住職が学問を熱心に奨励しておりまして」

履物をぬいでから、本堂の前を通った。立ち上がったら三間ほどもありそうな、立派な仏像である。大きさもさることながら、金箔《きんぱく》がまばゆいほどである。枯山水《かれさんすい》の庭が見渡せる座敷に通されると、すでに住職と、もう一人、いかにも大《おお》店《だな》のあるじといったふうの男がいた。それぞれ、

「この寺の住職の順円《じゅんえん》でございます」

「檀家の世話役のようなことをしております近江屋長右衛門《おうみやちょうえもん》と申します」

と挨拶《あいさつ》した。近江屋は小石川《こいしかわ》に店を持つ大きな綿問屋で、四十郎は知らなかったが、井田はよく知っていたらしく、店構えのようすについて世辞を言ったりした。

ざっと話を聞いたところでは、今度の騒ぎについては住職よりもむしろ、近江屋がなんとかしたいと思っているらしい。

礼金もこの近江屋が出すことになっているという。

近江屋はもう五十近い年頃に見えるが、十年ほど前に小さな娘を亡くした。

「その娘の墓は、今度、お化けが出たというあたりのすぐ近くにありましてな。小さな怖がりの娘でしたので、お化けが出るような墓に入れておくのはかわいそうでして。娘一人ならこちらの末寺のほうにでも墓を移すのですが、代々の先祖を、あそこに葬っているので、墓を移し替えるわけにはいかない。どうしたものかと悩ん

でいたとき、月村さまの噂をお聞きしたものですから」

「お気持ちはわかります」

と、四十郎はうなずいた。

子を失くした悲しみとつらさは、一生埋まらない。これは他人にはほとんど言っていないのだが、四十郎自身も、最初の娘を赤子のときに亡くした。ハイハイしだしたばかりの頃、流行《はや》り熱であっけなくこの世を去った。その娘がいなくなってからは、明らかに心に娘がいた分の隙間ができている。それはいまだにそうだし、一生そのままなのだろうと思っている。

だから、依頼人の言うことはよくわかった。

「それで、近江屋さんも三つ目小僧を見たのですな」

「あいにく、わたしはちらっとしか見ていないのです。なにせ、目が弱く、遠くがはっきり見えませんので」

「では、誰が」

「ええ。はっきり見た者にも来てもらっています。まずは、そこへご案内しましょう」

近江屋が立ち上がると、井田が急にそわそわしだした。

「あいにく、これから用事がありましてな」

「井田、いいではないか。見ておくべきだろうよ」

四十郎が笑いながら声をかけると、大真面目な顔で、

「見たいのは山々だが、おやじに呼ばれていてどうにもならんのだ」

そう言うと、さっさといなくなってしまった。

目撃した者の一人は、この近くで飴屋《あめや》を営む多平《たへい》という老人だった。死んだ女房の墓参りに来ていたときに、その三つ目小僧を見たのだという。

「では、参るか」

住職はこれから法事があるというので、近江屋と多平、四十郎の三人でそのあたりを見に行った。

裏手にまわると、四十郎はすぐに、

「これは、広い」

と声をあげた。見渡す限りと言ったら大げさだろうが、山あり、谷ありである。途中、小川が流れたり、花しょうぶが咲き乱れる一画があったりもする。墓場でなかったら、たいした景勝の地ではないか。

「たしか、あの丘のあたりだったか……。いや、こっちの坂のあたりかな」

多平はわからなくなったようだ。これだけ広いと、見当もつけにくくなるだろう。

「娘の墓はその方角です」

近江屋が先に立ち、墓場のはずれに向かう。

墓場というのは、歩いていると、迷いそうになってくる。

「ここらだと思います」

多平が立ち止まったのは、丘の手前の一画で、その先はまだ墓が建っていない草むらが、空に向かってずっとつづいていた。

「あっしは一町ほど向こうから、見ていました。最初はずいぶん身体の大きな坊さんがいるものだと思いましたが、あんなに大きな人間がいるわけはありません。墓石が膝《ひざ》あたりまでしかないのですから」

「それは凄《すさ》まじい背丈だな」

「しかも、こちらを向いたら、目が三つ、光っているじゃありませんか。あっしは、声をあげることもできず、腰を抜かしてしまいました」

「それで、その三つ目小僧は？」

「はい。逃げるのが精一杯だったので、最後までは見ていなかったのですが、丘の向こうに消えていったのではないかと思います」

「ふうむ。爺《じい》さんよ、それは張りぼてかなんかじゃなかったのかい。祭りのときも、そんなものが山車《だし》の上に載ってるじゃねえか」

「いや、あれはつくりものの動きじゃありません。踊りをおどるようなしぐさで、こんなふうに、張りぼてならあんなふうには動きませんや」

多平は言いながら、両手を肩のあたりにあげて、ひらひらするように動かした。

「出たのは黄昏《たそがれ》どきかい」

「あっしが見たときはそうです」

と多平が答えると、近江屋が、

「ほかに見た者の話を聞いても、わたしがいたときも、やはり黄昏どきでした。では、夜は出ないかというと、夜、墓場に来る者はあまりおりませんので」

と口をはさんだ。

「それはそうだろうな」

もしかしたら、夜中も来なければならないかもしれないと思ったら、背筋が凍りついたようになった。

「ところで、こういう噂が出回ると、寺は迷惑するでしょうな」

と四十郎は近江屋に訊《き》いた。

「それは住職は嫌な思いをなさっておいででしょう。ただ、ここの墓地に眠る霊が、成仏できずにいるのではと、心配する檀家《だんか》の者もいて、お布施《ふせ》は増えているそうです」

と近江屋は苦笑した。

とすると、布施めあての住職のしわざもありうる。

四十郎は上を振り仰いだ。降り出しそうな曇り空だが、ぼやっとした陽が中天にある。

「それでは、黄昏どきに出直すことにしましょうか」

三

とりあえず今日の夕方は一人で来てみることにして、近江屋たちと別れた。帰りぎわの寺を出ようというとき、

「まあ、月村さま」

左手の細い道を出てきた女に声をかけられた。

「おっ、これは……」

桃千代がこの寺に来ていた。いつもながら色っぽいが、今日はまた、薄紫の着物が一段と似合っている。手桶《ておけ》など、墓参りの道具も一通り持っている。

「ここの檀家でして、まもなく死んだ母の命日なんです」

「そうでしたか」

「月村さまもこちらが？」

「だといいのですが、拙者のはド田舎の、狸が和尚《おしょう》をしているようなボロ寺です」

「まあ、ご冗談ばっかり」

いっしょに門を出た。胸がときめいている。以前、娘のお絹から伝え聞いていた、

「月村さまはひたむきなところがいい」という言葉も思い出したりした。

「でも、月村さまはなぜ、この真正寺に？」

「じつは、この寺に身の丈二十尺にもおよぶ三つ目の化け物が出るんだそうです」

身の丈は倍になり、三つ目小僧ではなく、三つ目の化け物になっている。咄嗟《とっさ》に、
いっそう恐ろしげにしたほうが、男らしさが引き立つような気がしたのである。

「まさか、それを月村さまが退治なさる？」

「そうなんです。どうも、近ごろ、わたしの度胸と腕を頼りにする者が増えている
らしくて……」

「それを仕事に？」

「ばんばん儲かっています」

と、胸を張った。

儲かっている男らしく、着物を新調したほうがいいかな、とも思った。

「ま、男らしいお仕事ですこと」

「わっはっは。まあ、わたしとしては押し込みだの辻斬りだのとやり合っているほ

うが楽なのですがな」

と、肩を怒らせてみせた。

「それにしても、そんなに大きなお化けが……。どのあたりにですか」

「裏手の丘のあたりでしてな」

「ああ、向こう側ですか」

むしろ、がっかりしたような顔をした。

「うちの墓は、右手に折れたほうなので、お化けもこっちまでは来てくれないかしら。でも、お墓ですから、お化けが出ても、不思議ではありませんね」

「いや、わたしもそう言ったのですがね。ただ……」

「なんでしょう」

「いままでお化けを退治してくれと頼まれたものは、よくよく調べてみると、どれも人がやっていることでした。だから、今度のこともおそらくは誰か人がやっているのでしょう」

「まあ、誰が」

「それはまだ、調べてみないとわかりませんが、お布施が増えているというから、住職がやっていると考えられなくもありません」

「そんな……」

「だったとしたら、意外ですか」

「それは驚きますよ。だって、あんなに立派なご住職はちょっといませんよ」

「そうですかね」

「ええ。こう言ってはなんだけど、お坊さんて仏様にお仕えしているわりには、色の道もお好きだったりするでしょう」

「たいがいはそうでしょうな」

「でも、あのご住職が嫌らしい目で女を眺めていたことなど、一度も見たことがありません。なんでも、元はお武家さまだそうですよ」

口ぶりに武家に対する尊敬の念を感じて、すこし嬉《うれ》しくなる。

「さようか」

「直接、うかがったわけではありませんが、若いころに武士に嫌気がさし、いっそ自害しようかというとき、仏の声を聞いたのだそうです」

「仏の声とはうらやましい。わたしはからすの声とか、易者のろくでもない忠告くらいしか聞こえない」

「まあ、月村さまったら」

本当は芝界隈《かいわい》で夕方までひまをつぶそうと思っていたのだが、いつの間にか桃千代といっしょに深川への道を歩いている。

伝馬町《てんまちょう》あたりを過ぎたころから、ぽつりぽつりと降り出した。

「あら、雨」

桃千代は傘を持ってきていて、それを開いた。

「月村さま。どうぞ、お入りになって」

桃千代は背が高いので、かがんだりしなくとも、すこしそばに寄れば傘の下になる。

「いや、それがしは不調法で」

たかだか傘に入るのに、なにが不調法かと自分でも思う。

だが、ひどく緊張している。足取りもぎこちなくなっている。

そっと後ろを振り向いてみる。今日はからすたちはつけてきてはいない。意外に無粋ではないのかもしれない。

新大橋を渡って、深川に入った。

右に曲がってしばらく行くと万年橋がある。渡ったところのちょっと先に、あの易者が店を出している。最近は、避けて通るようにしているが、今日は仕方がない。

「あそこに占いが出てますでしょ」

今日もいて、娘の手を眺めている。

「涼風堂一心《いっしん》さんといって、よく当たるんですよ」

「らしいですな」

涼風堂はちょうど娘の手相を見終えたらしく、こちらを見た。ぎょっとしたような顔になっている。

「わたしはあの野郎に、死相が出ていると言われました」

「まあ」

「だから、わたしの命もそう長くはない」

「言われたのは、いつのことですか」

「去年の十一月あたりでしたな。野郎にそう言われたから、どうせ自分もまもなく化け物になるんだったらと、化け物退治の仕事を引き受けるようにしたのです」

「そうだったのですか。去年の十一月に……」

桃千代はなにか考えこむような顔になった。

四十郎は、涼風堂がこちらをじっと見ているのを意識しつつ、何食わぬ顔で前を通り過ぎた。

十間ほど遠ざかったときである。

「お二人。雨はもう、あがってますぞ」

涼風堂一心が後ろから悔しそうに声をかけてきた。

黄昏《たそがれ》どきに、もう一度、真正寺に行ってみた。

小坊主たちが門前の貼り紙を替えているところだった。毎日、夕方に替えるらしい。明日の言葉は、「花の美しさは、花はおのれでは気がつかぬ」というもので、こちらはなんの感想も浮かばなかった。

「ちと、墓をのぞかせてもらうぞ」

と声をかけた。

「えっ、よろしいのですか」

小坊主たちが驚いたような顔をした。

「どうしてだ」

「いえ、檀家《だんか》の方たちが最近、怖がっているみたいなので」

「三つ目小僧が出るからか」

と四十郎は笑った。この笑いは小坊主たちの愛らしさから引き出されたものだった。

「はい」

「その三つ目小僧に会いたくて行くのさ」

四十郎はからかうように言った。

夕方の墓場にはからすが群れをなしていた。まさか、人の死肉をあさるためではないだろう。供え物などを狙ってきているのかと四十郎は思った。

例のからすたちもいるかと探してみたが、ここのからすはたいがい額が突き出た種のからすたちで、見覚えのあるやつらはいなかった。

それにしても、墓場にからすがたむろしているというのは、なんとも恐ろしい光景である。だが、仕方がない。怖いのを我慢して墓地を歩いてみた。

墓参りの人もちらほらとはいる。幽霊の噂があるからといって、墓参りを欠くわけにはいかないのだろう。

三つ目小僧が出るというあたりにやって来たときである。

——ん。

ふと、誰かにつけられているように思った。

——あの連中は、まだ、ほかにもいるのか。

淡島から預かった書付に関する連中のことである。ひきがえると美男を倒した。もう諦《あきら》めるだろうと期待してはいるが、以前、竹中が襲われたとき、町人ふうの男もいたはずである。四十郎のことを知る敵はまだ、すべて倒したわけではないのだ。

ただ、今日、四十郎をつけていたのは、連中の殺気とはちがうもののように思えた。ためらいがちな尾行だった。

四十郎は暮れ六つ（六時ごろ）過ぎまで墓場にひそんでいたが、三つ目小僧もほかの何者も、姿を見せてはくれなかった。

四

――どこで見かけたのだったかな。

最近、三つ目小僧をほかのところでも見たことがあるような気がした。

――そうだ……。

井田道場の稽古《けいこ》を終えて、歩いている途中で思い出した。両国橋のたもとに出ている化け物小屋の看板に描かれていたのだった。小坊主姿のおどろおどろしい絵だった。

さっそく両国橋に向かうと、当の化け物小屋に入ってみた。

三つ目小僧は暗がりで、檻《おり》の中にいた。ちゃんと頭を丸めた小坊主姿である。真正寺の三つ目小僧は身長が十尺ほどあったというが、こちらはずいぶん小さくてかわいらしい。せいぜい七つか八つといったところだろう。

なるほど額にも目がある。

いかにもそれらしいが、じっと目を凝らそうとすると、手で隠したり、そっぽを向いたりする。恥ずかしいので、見ないでくれと言わんばかりである。

「うまいものだな」

四十郎は悪戯《いたずら》を思いついた。

檻の中に手を入れ、

「こづかいをやるぞ」

と一文銭で三つ目小僧を誘った。餌を前にした仔犬《こいぬ》のように、ためらいもなくそばに来た。

近づいたとき、四十郎はすばやく三つ目小僧の手の甲を軽くひっかいた。

「いてっ。何するんだい」

「いや、これはすまん。おわびにもう一文やろう」

それから外へ出て、しばらく待った。小屋が片付けられる。江戸でいちばんの繁華街である両国橋のたもとは、夜の営業はできないのが決まりである。

子どもが小屋の中から走り出てきた。小坊主の恰好《かっこう》ではないが、背恰好は似ている。もちろん、三つ目などではない。

四十郎はそばに寄り、手の甲を見た。赤い筋、ひっかいた痕《あと》があった。

「小僧。二文でなにを買うんだ？」

と四十郎が声をかけた。

小僧は屈託ない顔で振り向いて、

「飴屋《あめや》が閉まっちゃうよ」
と言った。

五

大きな法要がおこなわれている。芝神明《しんめい》の大店《おおだな》の隠居の七回忌だそうである。読経《どきょう》が流れてくるのを遠くで聞きながら、四十郎は寺の庭の隅にいた。腰かけるのにちょうどいい石が置かれていて、座ると若葉の陰にかくれるようになる。そこでずっと、本堂のあたりを凝視していた。

昨日まで三日つづけて、黄昏《たそがれ》どきに墓場に行ったが、お化けは出てこない。昨日なぞは、気は進まなかったが、夜中までいてみた。お店者とお嬢さんらしき男女が、墓石の陰でしっぽりやっているのを目撃したが、化け物は見かけなかった。

このまま出なくなれば、二両をもらってお終《しま》いになるだろう。なんとか出てもらって、あと三両、欲しいところである。

法要が終わり、住職が本堂から出てきた。庭に面した廊下を歩き、奥へと向かっていく。

途中、小坊主の一人とすれちがった。

なにか笑顔で声をかけているが、話は聞こえない。小坊主のほうも、笑顔で答えている。歳は十二、三歳くらいか。愛らしい顔立ちをしている。

——そういえば……。

ここは小坊主が多いことに気づいた。十人ではきかないはずである。大きな寺だから、小坊主が多くても不思議ではないが、それにしても多すぎないか。

ぶらぶらとあまり行ったことがない左手のほうへ行ってみた。枯山水《かれさんすい》ふうにつくられた庭を抜けると竹やぶがあり、そこを抜けると、畑があった。ここにも四人ほどの小坊主たちがいて、畑仕事をしていた。

いちばん小さな十歳くらいの小坊主を捕まえた。

「ご住職はきびしいかい」

「きびしくはないです」

「では、やさしいのだな」

四十郎がそう言うと、泣きそうな顔になった。

「おい、どうした。やさしいんだろう？」

「……」

だまりこんでしまった。

ふと気づくと、ほかの小坊主たちが人差し指を口に当てていた。なにも話すな、と合図を送っていたらしい。

「邪魔したな」

四十郎はそれ以上、問いかけるのはやめにした。

翌日からは小坊主たちと親しくなるため通うことにした。

ここの小坊主たちは、礼儀作法が素晴らしくしっかりしていた。四十郎にもきちんと挨拶《あいさつ》をしてくれる。きびきびしたようすを見ているうち、ふと思い出したことがあった。

――そういえば、藩主のそばにもこうした少年たちがいたなあ。

小姓たちである。彼らは見目《みめ》よく、利発な子どもが抜擢《ばってき》される。四十郎と同年代の者にも、選ばれて城に上がったり、江戸屋敷で側に置かれたりした者がいたらしい。あいにく四十郎は候補にもならなかった。

そして、こうも思った。

――もしかしたら、あの住職は昔、武士だったというが、小姓あがりではなかったろうか……。

そう思うと、住職がなかなかの美僧であることにあらためて気づいたりもした。

小坊主たちと親しくなるにはそれほど日にちはいらなかった。

とくに、飴玉《あめだま》をくばったあとの態度は、呆《あき》れるくらい現金なものだった。

いろいろ訊《き》きただすうち、子どものことだからボロが出る。一人を問い詰めるのではなく、何人にも訊いていくうちに出てきたボロを集めると、ずいぶん多くのことがわかってきた。

どうも、ひと月近く前に、小坊主たちの先輩格に当たるやさしい兄弟子が、自害してしまったらしい。その小坊主の名は慈念《じねん》といった。しかも、

「慈念さまは夜、ご住職のところに遊びに行っていました」

「ご住職さまは特別でしたから」

「慈念さんは、ときどき泣いていました」

などといった言葉を拾い集めると、どうやら、慈念は夜、住職にいたぶられるのが耐えられなくなったように思えてきた。

三つ目小僧は、自害した慈念に同情した小坊主たちが、住職を脅かしてやろうと考えてやったことなのかもしれない。

では、どうやって、身の丈十尺もあるような巨大なお化けを動かすことができたのか。その謎を解かない限り、近江屋から礼金をもらうのは難しいだろう。

それは思わぬところから解けた。

四十郎は、本堂の隅に木の枕がいっぱい並んでいるのを見たのだ。

「ずいぶん、枕があるんだな」

と、顔なじみになっていた小坊主に訊いた。

「はい。末寺の小坊主たちが集まる、お泊まりの説法会があるもので」

枕は全部で三十個ほどある。その一つを手にすると、片面に白い紙が貼られてあった。まさか汚れを隠すためではないだろう。枕を縦にして立ててみた。なにかに似ている。

「待てよ」

四十郎は、そのひとつを持って、墓場まで行った。

これをお化けが出たというあたりに行って、立ててみる。それから、墓場の入り口のほうへ引き返し、立てた枕を見た。遠くからなら墓石に見えるではないか。

枕が墓石に見えたなら、子どもは雲を突くような大男に見えてもなんら不思議はなかった。

まさに子どもの悪戯《いたずら》なのだが、それを本物のように見せたのは、黄昏どきの妖《あや》かしというものだろう。

「慈念の墓はどこだい？」

小坊主に訊いた。

慈念の墓は、こぶりだが、立派なものだった。よく磨きあげられた御影石《みかげいし》に、八文字もある戒名が彫られ、慈念がたんにいたぶられるだけではなく、愛情も与えられていたことをうかがわせた。

四十郎は手を合わせた。

「やはり、恨んでいるのかい？」

訊いてみたい気がした。だが、享年十二では自分の心を正確につかむのは、難しかったはずである。やがて、ひたすらつらく、空しくなってしまったのだろう。そういう幼い子どもの気持ちを汲《く》み取らなかった、勝手な大人の気持ちに腹が立ってきた。

――はて。

この前、感じた気配と同じものが背後にあった。さりげなく、すばやく振り向いた。

住職の順円が遠くからこちらを見ていた。

長屋にもどると、軒先にからすが三羽並んで、上から下につんのめるような恰好《かっこう》で、家の中をうかがっていた。

四十郎の姿を見ると、あわてて向かいの家の屋根に飛びうつった。

――なにか、あったのか。

不吉な予感がした。

家に入ると、お静はいつものように布団に正座している。だが、表情が緊迫していた。ただごとではない。

「どういたした？」

「この書付は大変なものでした」

「なんなのだ」

お静の手にあった書付を取った。だが、四十郎にはわかりそうもない。書いてある蘭語《らんご》もわからないし、日本語ですら達筆過ぎて読めない。

「ここに名がありました」

お静が指を差した。林《はやし》という字が見えた。

「林か。まさか林家《りんけ》の者か」

と四十郎は訊いた。幕府に仕える儒学者の名門が林家だが、その林家とは限るまい。

「いえ、その林家です。だが、これを書いた人は、林家を出て、養子に入りました。入った先は、鳥居家です」

「鳥居……やっぱりあれがからんでいたのか」

「これは鳥居がおそらく若かりしころに、蘭学などを学んだ記録なのでしょう。そのころは、まさか自分が蘭学を親の敵《かたき》のごとく憎む日が来るとは思ってなかったのかもしれません」

「鳥居耀蔵が蘭学をな……」

逆だと思っていた。淡島が蘭学を学んでいたことを知られ、仲間の学者を探るというのはあるかと推察していたのだ。まさか鳥居のほうとは思わなかった。

南町奉行・鳥居耀蔵は、蘭学者への過酷な弾圧で知られ、またの名を妖怪《ようかい》と呼ばれて恐れられている男だった。

――化け物どころか妖怪が出てきやがったぜ。

その鳥居が若き日に蘭学の徒たらんとしていたのだ。絵や書き損じなど鳥居が書いたものをおそらくたまたまだろうが、若き日にともに学んだ淡島が持っていたのだった。

鳥居にすれば、それはなんとしても隠さなければならないのだろう。でなければ、蛮社《ばんしゃ》の獄《ごく》はおのれをも閉じ込めることになるのだ。

「妖怪が敵か」

一介の浪人である四十郎にとっては、巨大過ぎる敵だった。

六

その翌日——。

真正寺に向かう途中のことである。この日、近江屋も呼び出していた。住職と三人で話し合い、この問題に決着をつけるつもりだった。山門が見えてきたあたりで、若い男とすれ違った。男は四十郎の左手側に来ると、すっと身体を寄せてきた。

——ん？

無意識のうちに、刀に手をかけた。そのかけた手の下のあたりに、ガッと衝撃があった。

咄嗟《とっさ》に飛びすさる。

男の手に刃物が光っていた。鞘《さや》に当たって、運よく最初の一突きをかわしたのだ。

しかも、男は逃げた四十郎の顔に唾《つば》を吐きかけた。唾はあやまたずに、四十郎の額に当たった。

かなり喧嘩《けんか》慣れしていた。こういう男は、下手な武士よりもはるかに手ごわい。なにをしてくるか、見当がつかない。

「なんだ、きさまは」

四十郎は大きな声を出した。

「うるせえ。吠《ほ》えるなよ」

武士ではなく、いかにもやくざ者である。大きく平たい顔で、目にこうした男たちに共通する酷薄な翳《かげ》りがある。刃物を持った腕の手首あたりまで、彫り物があるのが見えた。例の鳥居がらみのことか、それともいま関わっている化け物がらみのことか。

四十郎は刀に手をかけたまま、腰を落とし気味に近づいた。

「野郎」

男は喚《わめ》いたが動けない。下手に動けば腕が飛ぶくらいのことはわかったのだろう。

「てやっ」

刀を抜いた。指先くらいは斬ってやるつもりだった。だが、男は思ったより素早い動きで身体を引き、逃げると見せかけて、追おうと足を踏み出した四十郎に短刀を突き出してきた。

――おっ。

と驚きはしたが、男の動きは見えている。短刀の先を見切りながら、刀の中ほどで、男の親指をぶつっと押した。骨を断った感触はあったが、落ちてはいない。

「あっ、あっ、ああ」

男は短刀を捨て、落ちそうな指を左手で押さえた。

その男の首筋に刃を当てる。

「指は押さえられても、首は押さえられぬぞ」

「ひっ」

「誰に頼まれた」

「何のことだ」

「言わぬか」

耳の後ろを刀の峰でゆっくりとなぞるようにした。男の背中がぶるぶると断続的に激しく震えた。

締め上げると、真正寺の住職に頼まれたと白状した。鳥居の刺客でなかったことにはほっとしたが、礼金の額を白状させると、四十郎の化け物退治と同じ五両というのにむかっ腹が立った。

「野郎。坊主のくせにくだらぬ真似を」

怒りにかられ、寺へ飛び込んだ。だが、すでに住職は本堂の梁《はり》に紐《ひも》をかけ、首を吊ったあとだった。この手の遺体にはありがちの、なんともだらしない死に方で、本堂を汚物でけがしていた。

遺体を下ろしてやるが、まだ身体は温かい。住職はどこかでさっきの顚末を盗み見ていて、四十郎を殺すのに失敗したため、もうこれまでと悟ったのだろう。

遺体を横たえたとき、

「な、なんと」

背中で驚きの声がした。

檀家の世話役の近江屋だった。

「近江屋さんをがっかりさせることが明らかになってしまいましたよ」

「そうですか……」

近江屋によると——。

たしかに住職は、元武士だったという。若いころに、内儀に男ができて逐電し、何年か世間をさまよったのちに、仏門に入った。

女に絶望すれば、小坊主をかわいがりたくなるのか、それは四十郎にはわからない。

「これが、人格者と評判の坊主の死にざまかい」

四十郎は手を合わせながら、胸のうちでつぶやいた。ただし、この住職はどこかでおのれの胡散《うさん》臭さに気づいていたのではないだろうか。ときおり、途方に暮れたような顔をしていたのを思い出すと、そんな気がした。

気づいていながらどうにもできず、おのれを叱るようなつもりで小坊主を叱り、おのれを好きになれない分、小坊主をかわいがっていたのではないか。

「三つ目小僧は、小坊主たちのしわざでした」

と、四十郎は、依頼人に告げた。もともと、小坊主が咎《とが》めをうけるのはかわいそうだったので、近江屋とよく相談するつもりだった。四十郎は、住職には体《てい》よく隠居してもらうのがいいだろうと思っていた。

「そうですか。あの住職が慈念を」

近江屋は慈念のこともよく知っていて、驚き、何度も「かわいそうに」と嘆いた。

「小坊主たちのあいだで、寺にお化けが出たら、住職の評判はガタ落ちになるという話になったらしい。それなら兄弟子の仕返しにお化けを出してやろうと話が進んだようです」

今朝までは、三つ目小僧の茶番を、小坊主たちにやってもらおうと思っていた。だが、住職が亡くなったいま、それをもう一度やらせるのは酷なことに思えた。

近江屋も、

「よくぞ、見破られたものです」

と感心し、約束どおりの礼金も払ってくれたのである。

帰るまぎわに、山門の前で小坊主たちが困った顔をしていた。

「どういたした」

「この毎日、替えていた貼り紙なのですが」

住職が翌日分を毎日、夕方になってから書いていたという。新しい住職が来るのは明後日《あさって》からだそうで、明日の分はどうしようか困っていたのだ。

「そんなことなら、わしが書いてやろう」

そう言って、ためらう小坊主たちを説得し、筆と紙を持ってこさせた。四十郎はさほど達筆とは言えない筆でささっと書き上げると、自ら門のわきの壁に貼り出したのだった。

「心に闇、人が化け物」と。

第六章　霧の手

一

一本だけ頼んだ銚子《ちょうし》はもう空になってしまった。もう一本頼みたいが、四十郎にそんなゆとりはない。

ここは小料理屋〈こねこ〉である。箱崎の崩橋のすぐ近く、以前、〈こだぬき〉があったところに新しくできた。ただし、店の名以外は、ほとんど変わったところはない。唯一、ちがうのは、店のそこここに置いてあったたぬきの置物が、招き猫になったくらいである。

店を切り盛りしているのは、〈こだぬき〉のおかみの姉だか妹だかである。顔が似ているので、血のつながりがあるのは間違いないだろうが、姉か妹かはわからない。訊《き》いても適当な返事をするだけなのだ。

したたかな性格もいっしょらしい。夜逃げしたはずの店で、姉だか妹だかが別の

店を開いたというのは、借りた金は踏み倒し、貸した金だけ回収しようという魂胆なのだ。案の定、通いはじめてすぐに、

「こだぬきちゃんが困ってましてね。月村さまにはまだ、一両ばっかし貸しが残っているとか」

と催促された。

その図々《ずうずう》しさとこずるさには呆《あき》れるしかない。そう嫌味を言ってやると、

「世知辛い世の中だもの、それくらいでなきゃ生きていけませんよ」

と平然としている。

だが、通い慣れた店は居心地がよく、ついつい来てしまうのである。そこが自分でも情けない。

客の噂話が聞こえている。

「北町奉行の遠山《とおやま》さまは、若《わけ》えときはたいした遊び人だったらしいぜ」

「ああ、おれも聞いた。なんでも、この二の腕から肩にかけて、桜のきれいな彫り物があるらしいね」

「それは遠山桜ってんだよ」

「遠山桜とは洒落《しゃれ》てるじゃねえか」

話の調子からすると、どうやら北町奉行の評判はそう悪くはないらしい。

四十郎は町奉行のことなど何の興味もない。だいたい、遊び人で、彫り物など入れたような男が町奉行をするようでは、世も末ではないかと思う。

一方、南町奉行鳥居甲斐守《かいのかみ》の評判はますます悪くなっている。取り締まりが苛烈《かれつ》であり、敵を陥れるためには、どんなことでもするという。このため、名を耀蔵というが、その耀と甲斐守の甲斐とをもじって、「妖怪《ようかい》」と呼ばれるほどだった。

その妖怪の、いわば過去の恥部をつかんでいる。四十郎の手にあると知った相手は、ひきがえると美男だけだが、二人ともその場で倒した。

――だから、向こうもわしが持っているという確証はないのだ。

それにしても、疑われているのは間違いない。このまま諦《あきら》めるとも到底、思えない。

――しかも、いまさらやはりありましたと差し出したところで、見られたとわかったからには、わしを始末しようとするだろう。

もはや、逃れるすべはないのか。あの涼風堂の占いはこのことだったのかとも思えてくる。そういえば、涼風堂から死相があると言われたのは、淡島からあの書付を預かってまもなくのことだったのではないか。

淡島もまた、まさか殺されるとまでは思わなかったのだろう。だからこそ、昔の書付を持っていることを鳥居に告げ、いざ鳥居があわてふためいたと知ると、鳥居とはなんのつながりもない自分に預けるつもりになったのだろう。

開けっ放しの戸のところで、身をかがめて外の空を見た。道をはさんだ堀の手前に大きな柳の木があるが、その枝のあいだにひそむように三羽のからすが見えた。

──いよいよ、お前たちに目玉を突《つつ》かれる日が近づいたかね。

近ごろは、それもいいような気がしている。

「すまぬ。遅くなった」

ようやく井田がやってきた。どこかで一杯やってきたらしく、いい顔色をしている。

「あまり遅くなると、死に目に会えぬかもしれぬぞ」

「また、馬鹿げたことを言ってるのか」

占いのことを言っても、井田はまるで本気にしない。それに、金儲《かねもう》けのことならともかく、鳥居の書付については井田に相談してもまるで役には立たないだろう。それなら、何も知らせずにおいたほうがいい。

「誰かにつかまったのか」

「ばったり昔なじみに会ってしまって、付き合わされてしまった。酒はもういいや」

「なんだよ、それはないだろう」

四十郎が露骨に落胆すると、

「じゃあ、ちょっとだけもらうか」

と察してくれた。ここらは井田のやさしいところである。

「倅《せがれ》は長崎に行ったのか」

「ああ、行った」

先月の末である。やはり長崎に遊学に行くという若者といっしょに旅立っていった。

お静は無理だったが、四十郎は品川まで見送った。拍子抜けするくらいそっけない別れだった。もう一人の若者の親たちも、「涙の別れは芝居だけですな」とこぼしていた。

「十五両持たせてやった」

旅費だけではそんなにはかからない。二両もあれば長崎まで行くには充分なはずである。

「大金だな」

「大金だが、早々に足りなくなる」

「江戸の長崎屋に入金すれば、向こうの長崎屋で下ろせるそうだな」

「それは知らなかった」

安全で確実に届くのだろうが、それでも仕送りの金額が減るわけではない。こっちの苦労を思ったら、倅のほうも涙のひとつくらい見せるべきだろうが、へらへらしながら旅立っていった。

「それで依頼の件は？」

道場で顔を合わせたとき、ちらりとは聞いていた。化け物がまた出たらしい。しかも、今度は同じ深川だという。

「深川のどこだ」

「川だ」

「どこの川だ。深川は川だらけだろうが」

「ああ。ところで、月村。夜になって急に冷え込むと、川霧が出やすくなるそうだな」

それはわからない。急に暖かくなったときも出るような気がする。ふつうは寒い季節に多い霧が、上流から来る水の加減なのか、近ごろは出やすくなっている。この数日も、朝、出かけるときは濃い霧が出ていた。

「とくに仙台堀《せんだいぼり》あたりは霧が多いようだな」

「その仙台堀で出た。霧の中から、こうしてすうっと、冷たくて白い手がのびてくるんだそうだ」

井田はいやな手つきをして、四十郎の手をつかむ真似をした。

「おぬし、怪談話がうまくなったな」

「そんなことはない」

「いや、うまくなった。本物を見ると、もっとうまくなるぞ」

「馬鹿を言え。こっちはこっちで、やらなければならないことはあるのだ」

「では、なんで冷たいとわかったのだ。お前が触られたわけでもあるまい」

「うっ……化け物の手だぞ。温かいわけがあるまい」

「それはそうだ」

それにしても、どうしてもっと、簡単なお化けが出ないのだろうか。井戸のところでたたずむお化けが井戸替えをしたら消えたとか、夜中の泣き声が八幡《はちまん》さまのお札を貼ったら消えたとか、そういう簡単な化け物に出て欲しい。霧の中から女の手が出ただと。なんとも気味の悪い話ではないか。退治しろと言われるほうの身にもなってもらいたい。

そればかりか、幽霊なのかと思いきや、裏にはたいがい、人間の醜い争いが隠れていたりするのだ。

「また、嫌なものを見るのか」

「それはわからんさ」

「晩年くらいは、きれいな人の情けにふれたいのに」

「それは、もう、やめておけと言っただろう。どうする、やるのだろう？」

「ああ」

断りたいが、断ることなどできるわけがない。いろんな支払いがひっきりなしに四十郎にかぶさってきている。お静の薬代、良太郎への仕送り。桃千代は無理しないでいいと言ってくれているが、お絹が壊した三味線の金も、まとまったところで返していかなければならない。加えて〈こだぬき〉のおかみから借りた金の払いもある。

――いったい、これらの借金を全部、払い終える日なんて来るのだろうか。

それまでは死ぬに死ねないとも思うのだ。

二

同じ深川といっても、佐賀町《さがちよう》はもっと海辺よりである。

依頼人は町名主《まちなぬし》の新右衛門《しんえもん》という男で、自分も船宿を営んでいるという。ただし、新右衛門の船宿は幽霊騒ぎには縁がない。出るのは佐賀町の外れのほうで、小さな堀の突き当たりに船宿が五軒ほど並んだ一画があって、ここから出る舟に幽霊が出た。

そのうちの一軒である〈かわず屋〉という船宿で待ち合わせた。互いの連絡は取り持ったが、井田はもちろんいっしょには来ない。町名主の新右衛門とはいち早く会って、手順や礼金については打ち合わせをすませているくせに、化け物があらわれそうなところには絶対に顔を出さないのである。

四十郎はたえず扇子であおぎながら、佐賀町へ向かった。

ひどく蒸し暑い日で、梅雨もまもなくだろう。こんな日は川風がさぞかし心地よいにちがいない。

「幽霊見物だあ」

と自棄《やけ》気味につぶやいた。

「これは、月村四十郎さま」

町名主の新右衛門は信じられないくらい肥えた男で、こういう男はたいがい偉そうに構えているのだが、逆にひどく腰が低い。挨拶《あいさつ》を終えると早々に、

「月村さまはこれまでにも数え切れないくらいの化け物の正体をあばいたり、退治したりなさったとか」

と世辞を言った。いや、世辞というより、井田がそれくらいのことは吹いていったのだろう。

「数え切れないことはないですが、まあ、ずいぶんな数になりますかな。近ごろでは、わしを見かけただけで消える化け物もいるのだとか」

四十郎もつい調子に乗る。

だが、次に新右衛門が言った言葉にはさすがに驚いた。

「またの名を、からす四十郎さま」

「うっ、どこでそれを？」

「なあに、化け物退治のからす四十郎さまといったら、いまや知る人ぞ知るお方ですよ」

「そうなのか……」

もちろん、そんなことは嬉《うれ》しくもなんともない。

新右衛門の傍らで、しょぼたれているのが〈かわず屋〉のあるじの与平《よへい》である。

こちらは非常に小柄な人物で、かわずの中でも葉陰の雨がえるという感じの男である。

「うちは元々、深川よりも、こっちから吉原に行くお客がほとんどだったのですが、今度の幽霊騒ぎで商売あがったりです」

と情けない声を出した。

いままで、五回ほど出た。そのうちの一度は、別の船宿が出した船だが、大勢が乗っていた屋形船《やかたぶね》だったから、目撃者も多く、噂になってしまった。

五回のうちの四回が〈かわず屋〉の舟だった。ただし、霧の中から手が出て、その手が実際に乗っていた女をさらったというのは、一度だけである。あとは、手が舟べりにしがみついていたり、船頭の竿《さお》を引いたりしただけだという。

「その手を見たのは何人もいるのかい」

「いえ、いまはちょっと出かけていますが、うちの船頭だけです。古くから働いてきた五助《ごすけ》という者で、絶対に嘘をつくような男ではありません」

「さらわれた女というのは、どんな女だったんだい」

と四十郎は怒ったように訊《き》いた。

「深川芸者で、うちでは初めてのお客さんでした」

「出てきたのは手だけなのかい。身体や顔は見なかったんだな」

「へい。手首から上だけだったと」

真っ白な霧の中から女の手がすっと浮かびあがるその光景を想像しただけでも、刀を振り回してあばれたくなる。

「そんなことってあるんだな」

と言った四十郎の声は、かなり震えていた。

「手というのが嫌ですな。足だったら、まだそれほど怖くない気がしますな」

新右衛門は自分のところとあまり関係がないものだから、適当に茶化している。

しばらくして、船頭の五助がもどってきた。

枯れ木のように痩《や》せた五十がらみの男で、

「あれも幽霊じゃねえだろうな」

と、四十郎は思わずつぶやいた。

「五助、どうだったい？」

と、あるじの与平は訊いた。

「え、おそらく」

「いえね、じつは五日ほど前、つまりこの五助が手を見た翌日のことなのですが、大川のこちら岸に女の土左衛門があがっていたそうなんです」

「なんだと」

ということは、霧の中からあらわれた手に殺されたことになる。

いままでのお化け騒ぎでも、本当に誰かが殺されたのは初めてである。

「女が舟から消えたことは、町役人にも知らせておいたので、呼び出しがありましてね。それで、五助を聞きにやらせた次第でして」

「その女だったのか」

四十郎の問いに、五助は、

「たぶん、そうだと思います。仏さんはもう埋めちまいましたが、鶯色《うぐいすいろ》の着物に紫の襦袢《じゅばん》と言ってましたので」

と、答えた。

「それで、死んだ女の身元はわかったのか」

「ええ。深川芸者の真《ま》ン吉《きち》さん」

「ああ、売れっ子の若手だな」

と新右衛門が言った。「だが、おかしいな。いつもは、あたしのところの舟を使ったりしているのだが」

「そうか。人が殺されたのか」

と四十郎は眉《まゆ》をひそめて言った。ということは、これは化け物退治ではなく、町《まち》方《かた》の捕り物ということになるのである。

「わしの仕事ではないな」

やはり、これは引き受けられない。余計なことに首を突っ込めば、逆に町方の者から睨《にら》まれかねない。いくら後ろ暗いところはなくとも、連中の反感を買えば、つまらぬ難癖をつけられたりする。加えて、鳥居耀蔵などがからんできたら、目も当てられなくなってしまう。

「そこをなんとか。じつは町方のほうは、このところうるさく倹約などを言い出していて、深川芸者などは幽霊にさらわれて当然などと言う同心もいるのです」

と〈かわず屋〉のあるじ、与平が頭を下げた。

「それは今日も同じです。下手人が化け物じゃ探索は無駄だという雰囲気でした」

と五助も口をはさんだ。

「そんな馬鹿な。町方も情けねえなあ。かわず屋さん、今月はどっちだい」

と新右衛門が訊いた。

「北が担当ですね」

「北町なら、遠山さまじゃねえか。噂によれば、世情によく通じているらしいが、たいしたことはねえな」

と、新右衛門は知ったようなことを言った。四十郎にすれば、少なくとも、鳥居耀蔵でないだけましである。

「で、どうあっても？」

あるじの与平が四十郎の顔をのぞきこむ。

四十郎は迷いに迷い、ついにこう言った。

「やってやるよ。ただし、あと二両ほど上乗せしてくれたらな」

三

礼金は三両ということだったが、二両上乗せしてくれると約束してくれた。

夜になるのを待ち、舟に乗って、仙台堀界隈《かいわい》をめぐってみることにした。どのあたりで、どんなときに出たのか、それを確かめなければならない。

「ちょっと待ってくれ」

猪牙舟《ちょきぶね》に乗り込もうとして、四十郎は船頭の五助に声をかけた。

「幽霊は女が目当てじゃないのか」

「はあ。たしかに男の客のときは出てませんね」

「だったら、駄目だ。頭から女の着物でもひっかぶるか」

あるじの与平に頼んで、女ものの着物を借りた。女房の若いときの着物だそうで、馬と朝顔という奇妙な組み合わせの柄だった。これを頭からかぶる。

「まいったな」

さすがに気恥ずかしくなった。

「似合いますよ」

五助が吹き出すのをこらえた顔で言った。

「これじゃあ、牛若丸だぜ」

と四十郎が言うと、五助が我慢しきれず吹いた。

「旦那《だんな》。弁慶ならまだしも、牛若丸ってえのは」

舟は船宿の前を離れると、ゆっくりといったん大川に出た。やはり川の上は涼しい。かすかに霧が出ているが、月明かりがあるので周囲もはっきり見渡せる。

「ここでも出ました。舟べりに手が出てましてね」

「ここか」

仙台堀というより、まだ大川のうちである。まわりにはなにもない。橋があったり、木の枝が突き出ていたりすれば、そこから手を伸ばしたことも考えられるが、こんな川のど真ん中でそれは無理だろう。

上之橋《かみの》をくぐって仙台堀に入り、しばらく進んで、右に松永橋《まつなが》がかかるそのちょっと先でも、

「ここではあっしの竿をつかんで、引き入れようとしました」

五助はそのときの感触を思い出したらしく、語尾がふるえた。

「女が川に引きずりこまれたのはどこだい？」

「ええ、この先です。海辺橋《うみべ》の手前ですよ。女が悲鳴をあげたと思ったら、わきの下を真っ白い手がつかんでましてね、それからぐいぐいっと引っ張られるように、

川の中にざぶんですよ」

「凄《すご》いな、それは」

「ええ。あっしは申し訳ないが、あそこはもう通りたくねえ」

「そんなところは、わしだって嫌だよ」

と四十郎は正直な気持ちを言った。

「出そうだな」

「出そうです」

二人で絶えず周囲を見回しながら、仙台堀を中心にこのあたりの運河をまわってみる。だが、いくら回っても出ない。しかも、びくびくしているのはこの舟だけで、あとはたいして気にもしないらしく、数多くの猪牙舟が往来している。

岸辺では夜釣りをしている連中がいる。

「釣りってのは面白いかい」

と四十郎は訊《き》いた。

「そりゃあ、あんな面白いものは」

五助はそれがいちばんの楽しみだという。

四十郎はやったことがない。若いころはそうでもなかったが、四十を過ぎたころから、何も考えず、ぼんやり釣り糸を垂らしたら、さぞかしゆったりするだろうと思うようになった。もしも、何事もなく信夫藩にいられたら、いまごろは倅《せがれ》に家督をゆずり、そんな暮らしができていたかもしれなかった。

二日目の夜も、同じような調子で深川の運河をまわった。

この夜も、運河は廓《くるわ》遊びの客でにぎわっている。

四十郎は吉原にも、深川にも行ったことがない。商売女を体験したのは、若いときに藩の用で大坂まで往復したとき、道中の宿で飯盛《めしもり》女と寝たきりである。いまも、酔って飲み屋の姐《ねえ》ちゃんをからかったりはするが、粋《いき》な遊びとはまるで縁がなかった。

──まもなく命がつきるなら……。

そんな豪遊も一度くらいしてみたかった。

「駄目だな。もっと濃い霧が出ないと、幽霊も出るに出られまい」

と言いながら、ということはこれも人のしわざなのかと思ったりした。

三日目の夜は、これまでもっとも霧が濃くなっていた。しかも、底冷えがし、霧にまとわりつかれると、手や首筋がやけに冷たく感じられた。

一度、仙台堀界隈をひとめぐりして、大川の深川寄りの岸辺をゆっくり下っているときである。

遠くで、ザバザバと人がもがくような水音がした。

「旦那」

五助の声が震えた。

「ああ、聞いたよ」

耳を澄ませると、ひどく騒ぐ声がしている。やはり、仙台堀を大川に出たあたりである。

「なにか、言ってるぜ。五助、急ぎな」

「旦那。勘弁してくだせえ。やっぱり、あっしは駄目だ」

「馬鹿野郎、そこをどけ」

四十郎が代わって櫓《ろ》を漕《こ》いだ。いざとなれば、金のためという思いがわく。

「おい、どうした？」

「あわわわ……」

猪牙舟が浮いていて、中には船頭が一人、腰をぬかしている。

「はっきり言え」

「出、出たんですよ」

まだ若くて元気のよさそうな船頭なのに、すっかり肝をつぶしている。

「客はいたのかい」

「いました。芸者ですよ。引きずりこまれちまいました」

「くそっ、やられたか」

という四十郎の膝《ひざ》もぶるぶる震えている。

四

翌日の夕刻である。

四十郎はお絹が壊した三味線の弁償金の支払いに、桃千代のところにやってきた。前金の二両をもらったので、そのまま持参した。下手に自分のところにとどめないのが、借金を早く返す手管である。長い借金暮らしでこのことだけは身についた。

「そんなに急がなくてもよろしいですのに」

と、桃千代は本当にすまなそうに言った。

「そうはいきませぬ。ところで、桃千代さんにお訊きしたいことがありまして」

「なんでしょう」

「桃千代さんは、以前、深川芸者をしていたとか」

「ええ。それがなにか」

ちょっと警戒するような顔つきになった。

「深川芸者が二人、殺されましてね」

今朝、二人目の遺体があがったのだ。気になって、朝から〈かわず屋〉に顔を出したら、すでにその話は佐賀町界隈《かいわい》にも広まっていた。

やはり深川芸者だった。名は羽根吉《はねきち》。こちらも売れっ子だったらしい。

ただ、羽根吉のほうは、首に絞められた痕《あと》があったという。

「首に……」

昨夜《ゆうべ》の船頭の話では、霧から出てきた手は脇の下あたりをつかんでいたと言っていた。すこし食い違っている。

二人目となると、さすがに奉行所もうっちゃってはおけないらしく、同心や岡っ引きも慌てて動き出しているという。

「ここらの岡っ引きはろくなもんがいない」

と〈かわず屋〉のあるじは小声で言った。

死んだ二人に共通項はあるのだろうか。深川の芸者衆にくわしい話を聞いてみたい、と四十郎は思った。だが、いきなり行って、芸者衆の内情など教えてくれるわけがない。

——そうだ、元深川芸者が。

というわけで桃千代を訪ねたのである。

「真ン吉と羽根吉さんが……」

「どちらもお知り合いで？」

「ええ。知ってました。あたしが芸者をやめるとき、二人とも、売り出し中の若手でしたもの」

「恨みを買うようなことは？」

と四十郎が訊くと、桃千代は少し遠い目をして、

「あの子たちの身辺の詳しいことはわかりませんが、あってもおかしくはありません。なにせ、色と金がつきまとう商売ですもの。恨みを買うまいとしても、恨まれてしまうことだってあるでしょうねえ」

そうしたことが嫌になって、芸者から足を洗ったのか、そこらあたりは訊くのもはばかられる。

「あの二人の両方に入れ込んでいた男がいましたよ」

「両方に？」

「ええ。身請けすると約束した起請文《きしようもん》まであげたとも聞きました。女にだらしない男です。田中屋《たなかや》という酒問屋の若旦那《わかだんな》でした」

「若旦那ねえ」

四十郎は湯屋の血の池騒ぎを思い出した。あのとき騒ぎを起こした張本人が漬物屋の若旦那だった。ただ、噂によると、あの若旦那はこのところ、瓦版屋《かわらばんや》に弟子入

りして、こっちのほうは一生懸命やっていると聞いた。あんなろくでもない男でも、やる気が出ることもあるのかと、他人《ひと》ごとながら嬉《うれ》しい思いをしたものである。

「そういえば」

「なにか」

「最近、田中屋の若旦那は新しい芸者に入れ込んでいるらしいという噂も聞きましたよ」

四十郎はあきれた。つい、このあいだまで、真ン吉と羽根吉という芸者に入れ込んでいたのが、もう新しい女に気がいったのだという。

「そりゃあ、化け物にたたられてるんじゃなく、逆に若旦那というのが、前の女が邪魔になったからって、殺しているのでは……」

「そういえば、以前にも田中屋の若旦那に遊ばれたかして、首を吊って死んだ芸者がいたくらいです。かわいそうでしたよ」

町方《まちかた》の連中はそういった話は知っているのだろうか。これまでわかったことを告げて、あとはまかせてしまおうか。

「それにしても、月村さまがなぜ、深川芸者のことなど」

と桃千代が不思議そうな顔をした。

それで化け物退治の依頼について説明した。この仕事に対して恥ずかしい気持ちもあったのだが、桃千代があまりにも感心して聞いてくれるため、なにやらたいそう立派な仕事のような気もしてきた。

「それでおびき出そうと、女の着物までかぶって」

「だが、化け物もすぐに見破るらしくなかなか出てくれないのです」

「それはそうでしょう」

「といって、いっしょに乗ってくれる女もいるわけはありませんしね」

四十郎は正直、下心もなくそう言った。だから、桃千代が、

「あたしでよければ」

と言ったときは、ずいぶんびっくりした。

「それはおやめになったほうが。下手をしたら、その手に水の中に引きずりこまれる恐れだってあるんですよ」

「だって、月村さまが、いっしょに乗ってくださるんでしょ」

「そりゃ、まあ」

「だったら、大丈夫だろうって信じてますわ」

桃千代の頬がほんのり赤くなった気がした。

それから、ほんの二刻《ふたとき》（四時間）後である。

四十郎が舟を漕《こ》いでいる。舟は〈かわず屋〉から借りた。五助は相当こたえたらしく、しばらく舟には乗らないとごねているのだという。むしろ、そのほうがありがたかった。五助が漕ぐなら、四十郎は堀端を舟を追って駆け回らなければと心配していたのである。

四十郎は、舟を漕ぐのもなかなかうまい。昔の悪友に小舟を持っているやつがいて、仲間たちとよく舟遊びをしたことがあった。

「月村さま。もっと、ずっと木場《きば》のほうにも」

と桃千代は嬉しそうに言った。ひさしぶりの舟に、懐かしさがわいたようである。永代寺《えいたいじ》から三十三間堂の裏手あたりへ。ここらが深川でもっともにぎわうあたりである。

舟の往来も多い。いくらなんでも、このあたりには幽霊も出にくかろう。

「あら、桃千代姐《ねえ》さん」

すれ違った舟から声がかかった。

「あら、金太《きんた》ちゃん。月村さま、止めてくださいな」

後輩の芸者だという。

ひさしぶりに会って、互いに身の上話を報告しはじめた。

「あたしももうじき芸者から足を洗います」

「そしたら、あたしのところも訪ねてきて」

そんな話の途中で、

「ほら、あれ。鯛吉《たいきち》といって、田中屋の若旦那に可愛がられている芸者ですよ」

金太が向こう岸にもやった舟を指差した。芸者が一人、舟から岸に移るところだった。

「いやにきびきびした身のこなしだね」

と桃千代が言った。

「そりゃあそうでしょう。芸者になる前は、千葉の海で海女《あま》をしていた変わり種ですもの」

金太の言い方にきつい調子がある。それは、若い者に追い立てられていく世界にありがちなものなのだろうと、四十郎は思った。

「海女かい」

と桃千代の口調はいつもと変わらない。これはこの世界から完全に離れたためだろう。

「だから、化粧の下は真っ黒ですよ。でも、海で鍛えた身体は、旦那衆にはたまらないみたいですよ。あたしも泳ごうかしら」

金太はそう言って笑った。

これまでの経験から言っても、今度の騒ぎも本物のお化けではない。人のしわざだ。とすれば、泳ぎが達者な鯛吉は怪しい。

だが、この夜はとくになにもなく、一刻（二時間）ほどで舟からあがった。

五

昨夜、舟を漕いだせいで、肩から腰にかけてひどい痛みがある。

やっとのことで布団から出て、井戸端に行こうとしたとき、四十郎は啞然《あぜん》とするような光景を見た。

お静が軒先でからすに餌をやっていた。例の三羽のからすである。

四十郎が姿を見せると、からすたちはあわてて飛び去っていった。

「お静、どういうつもりだ」

「あら、いけませんの」

「お前なあ、あいつらはわしを狙っているやつらだぞ、それに餌をやってどうするんだ」

「でも、わたしがこうすることで、あの子たちも恨みをといてくれるかもしれませんよ」

お静はとぼけた口ぶりで言った。

お静が本当にそう思っているかどうかはわからない。

——嫉妬《しっと》か。

昨夜、四十郎が桃千代といっしょに舟に乗っていたことをお静はもう知っていたのだ。寝るまぎわに、たしかに「芸者と舟遊びなんて夢のようでしたね」と言ったのである。そのときは疲労のあまり、半分は眠っているような状態だったので、問い直したりはしなかった。

——長屋の女房にでも見られたか。

まったくあの連中ときたら、隣近所で騒ぎが起きれば面白いくらいに思っているのだ。なかでも夫婦《ふうふ》喧嘩《げんか》などは、最大の楽しみといっていい。

とすれば、からすに餌をあげているのは、やはりあてつけなのだ。お静のような女は本心を滅多に表に出さない分、思いは強いのである。

——鳴かぬ蛍が身を焦がす、というやつだな。

四十郎が内心、びくびくしていると、

「また幽霊ですか」

とお静が訊《き》いた。

「うむ。霧の中から女の手があらわれてな、川の中に引きずりこむらしい」

「怖いだろう。お前も舟に乗ってみるか」

などと、つい余計なことまで言ってしまう。

「引きずりこむってどのようにですか」

「女の手が、この脇の下にかかっている。すると、ぐいぐい引っ張られ、川の中にどぶんだ」

「はあ、脇の下にねえ」

お静の口調はどこか半信半疑のようだ。

「怖くないのか」

「怖いですが、でも、それは自分でもできますね」

「なんだと」

お静は日向《ひなた》に干しておいた下駄をひとそろい手にした。

「汚いですが、これを手に見立てたとしますよ」

「手にか」

お静は身体の前で両手を交差させ、

「この下駄をこうやって脇の下にあて、あれぇとかなんとか叫んだとします。どうです、後ろからご覧になると、誰かに抱えられているように見えますでしょ」

下駄が手をかたどったものだとして、女は自分でつくりものの手を脇の下にあて、まるで引っ張られたような恰好《かっこう》で前に進んだとする。これなら、誰が見ても、自分でやっているとは気がつかない。

「そうして、川の中に飛び込んでしまう。もし、その芸者さんが泳ぎが得意なら、ちょっと離れたあたりに悠々と泳ぎつけばよろしいのでは」

「まったくだ……」

四十郎はお静の頭脳に驚嘆する。

だが、そうすると、〈かわず屋〉の舟から消えた真ン吉や、このあいだの夜にいなくなった羽根吉は、似たような着物を着ていただけで、当人でないことも考えられるのではないか。霧が濃ければ、見分けもつきにくいだろう。

もしかしたら、それが鯛吉で、真ン吉や羽根吉は別の場所で殺されたりしたのではないか。だいいち、羽根吉の首に絞めた痕《あと》があったというではないか。

――そうだ。鯛吉は泳ぎの名人だ……。

桃千代と舟に乗って三日目の夜である。

この夜も急に冷えてきた。こういうときは、濃い霧が出る。

「猪牙舟《ちょきぶね》だからいいが、これが屋形船《やかたぶね》なら、ひとり船頭、ひとり芸者。ご法度《はっと》だ過ちが多いというので、屋形船のひとり船頭、ひとり芸者は幕府によって禁じられている。だが、禁じられたりすると逆に、色っぽい遊びとして人気が出たりする。

「あら、月村さま。あたしはもう、芸者じゃありませんわよ」

「そりゃあ、そうだ」

「それに、ご法度なんて、野暮なもの。月村さまのような船頭さんだったら、つい、ほろっといくところでしょう」

「げほっ」

四十郎は思い切りむせた。

五つ（八時ごろ）を過ぎたあたりから、霧がどんどん濃くなっている。もう、三間ほど離れると岸辺も見えないくらいである。

「危ないな」

漕《こ》ぐのを極端に遅くしている。こうなると、音が頼りである。相手の舟の櫓《ろ》の音や、舟に波が当たる音などで、前方からの衝突を避けなければならない。

だが、その舟はまるで音もなく出現した。

「おっと」

すぐ脇を猪牙舟がすれ違ったのである。乳のような霧の中から、突然、鮮やかな着物を着た女が乗った舟が、舟べりをかすめて過ぎたのである。ぷうんと、香水どころか、生臭く吐き気を催す臭いがした。

「なんだ、いまのは……」

なにかがおかしかったが、四十郎はすぐにそのことに気がつかない。しばらくして、やっと思い当たった。

「いまの舟、船頭がいなかったような」

舟はまだ、このすぐ後ろあたりにいるはずである。だが、なぜか声をかける気にもなれなかった。

桃千代がなにかつぶやいている。

「いまのは、まさか……」

顔が真っ青である。

「どうした、桃千代さん？」

「いえ、見間違いでしょう」

桃千代は自分に言い聞かせるように言った。

やけに寒気がしてきている。

どこかで騒ぎ声が聞こえた。切羽つまった悲鳴のような声である。

「月村さま、あれは？」

「なにか起きたみたいですな」

また舟を漕ぎ出すが、霧はまだ晴れておらず、速度をあげることもできない。

泣き声がしている。

「おい、どうしたんだ」

遠くから四十郎は声をかけた。同じように騒ぎを聞いてやってきた舟がほかに幾《いく》艘《そう》もあるらしく、一艘の舟を何艘もの猪牙舟が囲むかたちになった。その中心にある舟の中には念仏を唱えるばかりの船頭と、泣きじゃくる若者がいた。

「鯛吉を助けてやってくださいな、お願いします」

泣き声はそう言っていた。

「鯛吉ですって？　お前さん、田中屋の若旦那《わかだんな》だね」

と桃千代が訊いた。

「はい、さようで。一緒に乗っていた鯛吉が霧の中からあらわれた舟の女に、水の中へと引きずり落とされたんですよ」

「そりゃあ本当か」

周囲の連中も騒ぎ出し、落ちた鯛吉の捜索が始まった。

やがて、町方《まちかた》の者やここらの町名主《まちなぬし》やらが次々に駆けつけてきて、とりあえず舟に乗っていた田中屋の若旦那は岸の上にあげられた。たいそうな人だかりができていた。

こうなると、化け物退治どころではない。八丁堀《はっちょうぼり》の同心や岡っ引きの姿も見えた。腕が悪いという岡っ引きならともかく、八丁堀の同心には四十郎がこれまで探り当てたことを話しておいたほうがよさそうだった。

「奉行所の方ですな……」

四十郎は同心にこれまでのことを話した。もちろん、お静が思いついた手形のしかけについては、いかにも自分が知恵をしぼったように脚色して。

これまでのことを話し終えたのと、

「鯛吉が見つかったぞ」

という声が聞こえたのはほとんど同時だった。

「鯛吉、死ぬんじゃねえ」

若旦那が喚《わめ》く中、鯛吉が助けあげられ、岸に寝かされた。白粉《おしろい》は剝《は》げ落ち、地肌が丸見えになっている。なめしたような黒い肌だが、少し前まで満ち溢《あふ》れていたはずの血の色がない。明らかに溺《おぼ》れ死んでいた。

「てめえがやったな。口封じに」

と言ったのは、四十郎ではなく、同心だった。四十郎の話を完全に呑《の》み込んでいるようで、地味な顔の印象とはちがって、頭は切れそうだった。

「ちがう。あたしじゃねえ」

田中屋の若旦那は鯛吉の遺骸《いがい》にすがりついたまま言った。

「おい、しらばくれるんじゃねえぜ」

と同心は若旦那の膝《ひざ》のあたりを蹴《け》って、

「真ン吉と羽根吉は別のところで殺しておいたのを、川に流したんだ。その後で、鯛吉を使って、霧の中で水に引き込まれるという芝居を演じさせた。その鯛吉も知らずにやっていたのが、おめえのことを怪しみだした。それで鯛吉も殺そうとしたんだろうが。どうだ、白状しちまいな」

鯛吉が知らずにやっていたかどうか、四十郎は知らない。そこのところは、同心がすばやく考えたことらしいが、聞いていた四十郎はなるほどと思った。

「真ン吉と羽根吉をやったのは、たしかにあたしです」

若旦那が吐いた。周囲から、「おーっ」という声があがった。もう若旦那と鯛吉の遺骸のまわりには、百人近い人だかりができていた。四十郎と桃千代はその中心に入ってしまっている。

「だが、それはあいつらが殺してくれと頼んだからです」

と若旦那が叫んだ。

「馬鹿なことを言うな」

同心が困ったような顔で叱った。

「本当ですって。もう生きることに疲れたって言って……」

周囲の人たちのあいだに、独特の静けさが広がった。

桃千代が四十郎の耳元でぽつりと言った。

「それ、わかる気がする」

田中屋の若旦那は呆《ほう》けたような口調で、

「でも、鯛吉はちがう。鯛吉を引きずりこんだのは、蝶太郎《ちょうたろう》の亡霊だった……」

とすすり泣いた。

突然、桃千代が倒れかかった。背丈があるだけに、かなりの重みが四十郎の身体にかかってきた。その拍子に腰に痛みもきた。

「しっかりしなさい」

それでもあわてて桃千代の肩を抱える。

いったん、腰が砕けたようになった桃千代は、四十郎に支えられ、もう一度、足に力をこめた。

「月村さま。さっき船頭のいない舟とすれ違いましたよね。あれに乗っていたのは、亡くなった蝶太郎だったんですよ」

「本物だったのか」

四十郎は恐怖よりも、奇妙な切なさを覚えた。しかもきれいな景色でも見たときのような、不思議な涙までともなっていた。

六

霧雨の降る中を、月村四十郎は〈こねこ〉に向かって急いでいた。

雨なのに、暑く蒸しているという嫌な天気だった。梅雨に入ったのだろう。

新大橋のちょうど真ん中あたりで、四十郎の前にぬっと立ちはだかった男がいた。浴衣《ゆかた》の着流しで、柄は歌舞伎役者が着る「鎌の絵」と「○」と「ぬ」を組み合わせたものだ。これで「かまわぬ」と読んで洒落《しゃれ》たつもりなのだ。

いかにもやくざ者か、遊び人である。歳は四十郎より少し上くらいだろう。背はいくらか四十郎よりも小さいが、肩幅や胸板の厚さを見ると、なにをしてこれだけ鍛えたのかと驚くほどである。

「何か用か」

四十郎は足を止めて訊《き》いた。

男はかすかに笑みを浮かべ、

「深川の芸者殺しの謎を解いたのは、お前さんだそうだね」

と、人なつっこい口調で言った。

その後、「真ン吉と羽根吉は自分から殺してくれと言った」という若旦那の話を裏付けるような証言が次々に出てきた。あの二人はどちらも売れっ子芸者だったが、ひどく疲れていて、死にたいと洩《も》らすこともしばしばだったらしい。

鯛吉の死も、「若旦那が反対の舳先《へさき》のほうにいたのに、鯛吉は何かに引っ張られるように川に落ちた」と船頭が証言したため、若旦那のしわざではないとされた。

ただ、昨年、首を吊って死んだとされていた蝶太郎は、じつは首を絞めてから吊るしたと、若旦那は白状した。いっこうになびいてくれないので、悔し紛れに殺してしまったのだ。

若旦那は獄門となるのだろうが、「ようやっと蝶太郎のところに行ける」と喜んでいるという。なんともおぞましい男だった。四十郎は思わず、「心に闇、人が化け物……」と、口癖の台詞《せりふ》をつぶやいたものだった。

これらのことが明らかになったのは、贋物《にせもの》の手を使った鯛吉の手口を見破ったためであるとも言えた。

「だから、どうしたんだい」

と四十郎は警戒しながら訊いた。

真正寺の住職のように、やくざ者の刺客を差し向けてきたのか。雇い主は鳥居の一派なのか……。もしかしたら、深川の幽霊騒ぎには、まだ明らかになっていないことがあるのかもしれない。

「小太刀が得意らしいな」

遊び人ふうの男は意外なことを言った。

「誰に聞いた？」

「お前さんが倒した二人は、川本《かわもと》と神保《じんぼ》と言ってな、どちらも相当な遣い手だ。やられたところを見ると、墓石や桜の幹をうまく使った気配だった。それと短く、鋭くえぐった斬り口を考え合わせると、もしかしたらと思ったのさ」

そう言ったこの男も、短めの刀を一本、腰に差しているのだ。

「連中の仲間か？」

「だったら、どうする」

四十郎は一歩下がった。

「おいおい、天下の新大橋のど真ん中だぜ。斬り合いはやめにしようや」

「では、場所を変えるか」

「誤解するのも無理はねえが、おいらはお前さんの敵じゃねえ」

男はもう一度、笑顔を見せた。今度の笑いはもっと屈託がなく、なぜか親愛の情すら感じさせた。

「味方には見えぬがのう」

四十郎がそう言うと、男は片方の袖《そで》をさっと上にまくりあげた。二の腕から肩にかけて、満開の桜が咲き誇っていた。

「この桜吹雪の彫り物、町の噂で聞いたことはねえかい」

「桜の彫り物だと。まさか……」

「そのまさかなのさ。遠山左衛門尉景元《さえもんのじょうかげもと》だよ。昔の仲間には金《きん》さんなんぞと呼ばれているがね。以後、お見知りおきを」

と三度目の笑顔を見せた。

「なにゆえに遠山さまが」

「鳥居のところの腕の立つ懐刀《ふところがたな》が斬られたと聞いてね、いろいろ調べさせてもらったのさ。面白い書付をつかんだそうじゃねえか」

「なぜ、それを」

「おいらのところにも鳥居の密偵は来てるだろうし、おいらも送りこんでるってことさ。その書付、おいらに預けてくれねえかい」

「なんと」

「お前さんには、もう迷惑はかけさせねえよ。おいらが別のところから入手したとして、鳥居に見せればいい。だいたいが、その書付は、おいらのところに来るはずだったんだぜ」

「どういうことでしょう？」

「淡島幸太郎は、おいらが勘定奉行をしてたときの部下だったのさ」

「そうでしたか」

たしかに淡島は勘定方に出仕していたのだ。

「それで、ひさしぶりに会ったとき、南町奉行になった鳥居が淡島のかつての同僚で蘭学をいっしょに学んだという話を聞いたのさ。その証拠はないのかいと訊いておいたんだが、それが出てきたんだろうな」

「ははあ」

「淡島もすぐおいらに届けたかったんだろうが、鳥居のほうでもそのことは心配していたのさ。それで、怪しい動きを察知し、見張りをつけていた。淡島もそれに勘づき、ひとまず、事情を知らず、しかもいざとなれば腕も立つお前さんのところに一時避難をさせたのさ」

「なるほど……」

淡島は別に自分に危害の矛先を向けさせようとしたわけではない。鳥居の怯えと執拗さを見損なっていたというわけだろう。

「でも、同じ町奉行同士で、なぜ、そのようなことを？」

と、四十郎は訊いた。

「鳥居はいま、町の瓦版《かわらばん》を禁止しようとしてるのさ」

「瓦版を」

「それをやられると、民《たみ》は勝手にものが言えねえことになる。それはご政道がすることじゃねえ。おいらはこれで脅して、鳥居の申し出を引っ込めさせてえのさ。お前さんのこともこれ以上襲うことがないよう、話をつけてやる。どうでえ、決してお前さんには損にはならねえと思うがね。からす四十郎どの」

今度は笑わずに、まっすぐ四十郎の目を見た。

いい顔だった。いっしょに〈こねこ〉あたりで酒を酌み交わしてみたい気がした。北町奉行の同輩になれた気分だった。

「いいでしょう」

四十郎はうなずいた。その途端、大きな荷物をひょいと下ろした気分になった。

そのころ、桃千代が四十郎の長屋を訪ねていた。

「奥さま、ご無沙汰《ぶさた》しております」

蛇《じゃ》の目を玄関わきに立てかけて、桃千代は頭を下げた。細かな雨が落ちてきていた。

「あら、桃千代さん」

前に同じ長屋にいたのだから、桃千代とお静はもちろん顔なじみである。玄関先ではなく、奥の間まであがるよう勧めた。

桃千代も形式ばった遠慮はしない。

「月村さまはお出かけですか」

「ええ、夜にはもどりますが」

「いえ、奥さまに、お話ししてもいいんです」

「なにかしら」

桃千代は、お静にも屈託なく挨拶《あいさつ》するくらいだから、四十郎に特別な感情など持っているわけがない。お静は、はなからそんなことはわかっているのに、四十郎だけが変にこそこそしている。それがお静には、おかしくてならないのだ。

「じつは、昨年の十一月ごろ、月村さまは万年橋のたもとに出ている涼風堂という易者から、死相が出ていると言われたらしいんです」

「あら、そうだったの」

お静は顔色も変えずに言った。

「でも、それって嘘なんです」

「どうして、そんな嘘を？」

「涼風堂というのは、あたしが芸者をしているころからずっと言い寄ってきてたんです。もちろん、そのつど断ってはきたのですが、去年の十一月にあんまりしつこいから、あたしには恋い焦がれている人がいるって言ってしまったんです」

「それが、うちのだと？」

と、お静は面白そうに笑った。

「ええ。月村さまなら、当たり障りもないだろうと、咄嗟《とっさ》に」

「そりゃあ、あの人なら、ないでしょうね」

「それに剣術もお強いから、涼風堂も手は出せませんでしょ。ところが、八つ当たりみたいに月村さまを脅かすだなんて、夢にも思わなかった」

「ああ。もしかして、このあいだ、桃千代さんとうちのが舟に乗っていたと投げ文していったのも、その易者かしら」

「そんなこともあったのですか。それって、あいつがやりそうなことです」

「まあ、面白そうな易者ねえ。わたしも見てもらおうかしら」

お静は高笑いを我慢するように、身体をよじった。

「だから、月村さまに死相が出ているなんて、まるっきりでたらめだったんです。それをお伝えしておこうと思いまして」

桃千代は頭を下げ、手土産に持ってきた長命寺《ちょうめいじ》の桜餅《さくらもち》の箱を差し出した。

「わざわざ、ごめんなさいね。でも、桃千代さん、その話、うちの人にはないしょのままのほうがよいかもしれませんよ」

と、お静は静かな目で外を見ながら言った。

「どうしてでしょう」

「この半年ばかり、うちの人の暮らしはむしろ充実していたのじゃないかしら。わきで見ていて、そんな気がするんですよ」

それはお静の本心だった。

たしかに夫はいま、必死で生きている感じがするのだ。それは怖がってもいるだろうし、疲れてもいるだろう。

だが、以前よりもいまのほうがずっといきいきして見えるのだ。

当人は気づいていないが、あの人は天職とめぐり会ったのではないだろうか。

あたしもこんなに横になってばかりはいられない、と思う。手伝えることはしてあげたいし、膨大な書物から得た知識をいかし、なにか稼ぎになるようなことも模索したい。

——必死で生きてこその人生かしら……。

と、お静は思った。

「いいんですか、それで？」

と、桃千代が訊いた。

「もし、どうにもつらそうだったら、わたしから伝えます。でも、あとで振り返ったら、すごく幸せな日々として思い出すかもしれません。ですから、もうしばらく、このまま思い込ませてやってくださいな」

「まあ。奥さまって凄《すご》い」

「なにが」

「そんな深いところで、ご亭主を操ることができるなんて。あたしにはとってもそこまではできそうにありませんよ」

「そりゃあ、あなた。ああいう人だからよ」

お静がそう言うと、桃千代は手を叩《たた》き、足をばたつかせながら、爆笑した。

そんなことは露知らず――。

月村四十郎は小料理屋〈こねこ〉で井田清蔵から次の依頼を聞いていた。

井田はこのところ、いかにも嬉《うれ》しそうに依頼の話をするようになっている。

「月村、驚くなよ。竜がな……」

「竜のお化けだとぉ……」

四十郎はこみあげる恐怖に耐え、それから小雨が降りしきる外をのぞき見た。向かいの屋根の上では雨で羽根をいっそう黒々と光らせた三羽のからすが、四十郎の顔をじっと見下ろしている。

本書は平成十七年十一月、ベストセラーズよりベスト時代
文庫として刊行されたものに加筆修正したものです。

妖《あや》かし斬《ぎ》り
四十郎《しじゅうろう》化《ば》け物《もの》始末《しまつ》 1

風野真知雄《かぜのまちお》

角川文庫 16684

平成二十三年二月二十五日　初版発行

発行者―井上伸一郎
発行所―株式会社角川書店
東京都千代田区富士見二―十三―三
電話・編集（〇三）三二三八―八五五五
〒一〇二―八〇七八

発売元―株式会社角川グループパブリッシング
東京都千代田区富士見二―十三―三
電話・営業（〇三）三二三八―八五二一
〒一〇二―八一七七
http://www.kadokawa.co.jp

印刷所―暁印刷　製本所―BBC
装幀者―杉浦康平

か 53-61　ISBN978-4-04-393110-1　C0193

角川文庫発刊に際して

角川源義

第二次世界大戦の敗北は、軍事力の敗北であった以上に、私たちの若い文化力の敗退であった。私たちの文化が戦争に対して如何に無力であり、単なるあだ花に過ぎなかったかを、私たちは身を以て体験し痛感した。西洋近代文化の摂取にとって、明治以後八十年の歳月は決して短かすぎたとは言えない。にもかかわらず、近代文化の伝統を確立し、自由な批判と柔軟な良識に富む文化層として自らを形成することに私たちは失敗して来た。そしてこれは、各層への文化の普及滲透を任務とする出版人の責任でもあった。

一九四五年以来、私たちは再び振出しに戻り、第一歩から踏み出すことを余儀なくされた。これは大きな不幸ではあるが、反面、これまでの混沌・未熟・歪曲の中にあった我が国の文化に秩序と確たる基礎を齎らすためには絶好の機会でもある。角川書店は、このような祖国の文化的危機にあたり、微力をも顧みず再建の礎石たるべき抱負と決意とをもって出発したが、ここに創立以来の念願を果すべく角川文庫を発刊する。これまで刊行されたあらゆる全集叢書文庫類の長所と短所とを検討し、古今東西の不朽の典籍を、良心的編集のもとに、廉価に、そして書架にふさわしい美本として、多くのひとびとに提供しようとする。しかし私たちは徒らに百科全書的な知識のジレッタントを作ることを目的とせず、あくまで祖国の文化に秩序と再建への道を示し、この文庫を角川書店の栄ある事業として、今後永久に継続発展せしめ、学芸と教養との殿堂として大成せんことを期したい。多くの読書子の愛情ある忠言と支持とによって、この希望と抱負とを完遂せしめられんことを願う。

一九四九年五月三日

角川文庫ベストセラー